30 & **1 F**LÜCHTLING

SEMJON VOLKOV

- SCHATTEN DER MIGRATION -

© 2018; Semjon Volkov

Verlag und Druck:
tredition GmbH, Halenreie 40-44, 22359

978-3-7439-5655-1 (Paperback)
978-3-7439-5656-8 (Hardcover)
978-3-7439-5657-5 (e-Book)

- Lagerkoller -

Mabrouk, der Araber steht im Hof, sieht zu den Männern am Zaun. Sie stehen reglos, starren übers Feld und in die Sonne. Ihre Gesichter sind leer, ihre Finger verkrallen sich im Zaun.

Am Anfang gab es keinen Wachdienst, gab es nur einen Aufsichtsposten am Tor, an dem die Lagerbewohner sich an- und abmeldeten.

Am Anfang war Auffanglager 07 offen, der Ausgang frei. Bis letzten Herbst.

Dann kamen immer mehr Flüchtlinge ins Lager. Von Monat zu Monat. Und je mehr Flüchtlinge kamen, umso angespannter und gereizter wurde unter den Lagerbewohnern die Stimmung.

Auffanglager 07 liegt außerhalb der Stadt.

Am Anfang spendetet die Bevölkerung aus der nächsten Ortschaft und Stadt für die Bewohner von Lager 07 Klamotten, Schuhe und Spielzeug für die Kinder.

Am Anfang gab es regelmäßige Hilfslieferungen und üppige Mahlzeiten. Am Anfang kamen noch irgendwelche Politiker und andere Schlipsträger, ließen sich flei-

7

ßig und gut gelaunt ablichten. Vor der Kulisse von Auffanglager 07. Beim gemeinsamen Mittagessen mit den Flüchtlingen. Bei der Besichtigung der Latrinen.

Das hat sich gründlich geändert. Seit letztem Herbst.

Mittlerweile platzt Lager 07 aus allen Nähten.

Mabrouk, der Araber lebt jetzt seit über zwei Jahren in Auffanglager 07, sitzt hier fest.

Er gehörte zur zweiten Welle der Flüchtlinge, die über den Balkan nach Europa kam und in einem der vielen Auffanglager steckenblieb.

Mabrouk wohnt in Container 37, zusammen mit elf andern jungen Männern.

Am Anfang hat Mabrouk selbst am Zaun gestanden, hat solange in die Sonne gestarrt, bis er fast erblindet ist. Seit diesem Sommer trägt Mabrouk ständig eine Sonnenbrille, und er beobachtet nur noch, was ringsum abläuft.

Letzten Herbst sind einige Lagerbewohner über die noch unreife Maisernte vor den Lagertoren hergefallen. Einige einheimische Frauen außerhalb des Lagers wurden belästigt, eine Frau aus der nächsten Ortschaft sogar von mehreren Flüchtlingen vergewaltigt.

Gleichzeitig gab es im Lager mehrere Schlägereien und Messerstechereien. Erst letzte Woche wurde wieder ein Lagerbewohner im Streit getötet.

Ein Afghane. Erstochen.

Von einem Landsmann. Mit einem Schraubenzieher.

In Brust und Hals.

Eine persönliche Sache - verletzte Ehre.

Kein Wunder, seit einem Jahr sitzt man hier eng auf eng, hat keinen Meter Freiraum.

Die Lagerverwaltung hat auf die tödliche Auseinandersetzung sofort reagiert, die Ausgangssperre erweitert. Nach 22.00 Uhr müssen die Bewohner von Lager 07 in ihren Barracken bleiben.

Wer danach noch draußen erwischt wird, bekommt gekürzte Rationen.

Die Spenden und Hilfsbereitschaft der Bevölkerung für die Flüchtlinge von 07 haben längst aufgehört. Von der ursprünglichen Solidarität ist nicht mehr übrig geblieben als tote Erinnerungen. Das Mitgefühl längst Misstrauen. Die Nahrungsversorgung hat sich stark verschlechtert. Das Tor wird bewacht von einer Wachmannschaft.

Die Behörden sind überfordert, haben die Bewohner von Lager 07 sich selbst überlassen. Das rote Kreuz und andere Hilfsorganisationen dürfen nur noch unter Auflagen ins Lager. Es gibt nur noch das Nötigste an Versorgung. Und gnadenlos treibt die Wirklichkeit ihre Keile zwischen die Menschen - zwischen die Bevölkerung und die Lagerinsassen. Zwischen die Besitzenden und Besitzlosen, das Misstrauen und die Verzweiflung.

Man hat Angst - vor ihnen, im Lager.

Man hat die Zäune höher gebaut, das Tor, hinter dem sie alle festsitzen, verriegelt. Die Bevölkerung verdrängt ihre Anwesenheit, versucht das hässliche Lager 07, das vor der Haustür der Stadt liegt, zu vergessen.

Letzten Monat sind gerade mal hundert Leuten aus dem Lager abgereist. Nachts, und wie immer ganz plötzlich. In zwei Bussen.

Dafür sind seither über tausend Neue eingetroffen. Von überall. Und es kommen immer mehr. Jetzt schon wöchentlich. Die Opfer von Flucht und Verfolgung nehmen kein Ende. Kommen. Wie pausenlos produziert am Fließband.

Ist es nicht Krieg, ist es Hunger. Sind es nicht Krieg und Hunger, ist es Terror, der sie vertreibt.

Das nackte Recht auf Leben lässt nicht mit sich reden. So wenig wie Hunger, Krieg und Terror.

Man hat Lager 07 ausgeweitet, hundert neue Container aufgestellt. Der Platz für die Masse an Menschen reicht trotzdem vorne und hinten nicht.

Inzwischen geht ihre Zahl auf die Zehntausend.

Vor ungefähr zwei Monaten ist die Trinkwasserversorgung zusammengebrochen.

Jetzt kommen täglich mehrere Tankwagen, und das Rote Kreuz verteilt täglich Suppe.

Aber wie lange noch? Wie lange?

Und immer steht man Schlange. In der Kälte, im Schlamm. In Lumpen und Decken - eine schmutzige zerlumpte Schlange, die ansteht. Für etwas Warmes. Für einen Funken Hoffnung. Für alles, was eine Spur von Leben verspricht.

Es gibt keinen Strom, keine Heizung, keine Schuhe und keine Klamotten mehr in Lager 07.

Die Latrinen werden täglich gekalkt, einmal die Woche ausgehoben. Von den Lagerbewohnern. Mit Schaufeln und Eimern.

Aber wie lange noch?

Mabrouk, der Araber kennt die Situation. Wie alle, die hier ausharren. Hier kann man nie abschalten. Nicht am Tag und nicht in der Nacht.

Jemand heult, jemand brüllt, jemand dreht durch, schlägt wahllos um sich oder zündet sich an.

Hier muss man auf alles gefasst sein. Auf alles.

Dass es morgen nicht mal mehr Suppe gibt. Dass sich morgen wieder jemand, den man kennt, umgebracht hat. Dass gegen alle, die aus 07 zu fliehen versuchen, Schießbefehl erteilt wird.

Hier kann man nicht leben, kann man nur dahinsiechen und auf Dauer selbst verrecken.

Jeder will hier raus. Weiter.

Nach Norden.

Ins gelobte Land.

Auch Mabrouk.

Im gelobten Land gibt es alles in Hülle und Fülle. Gibt es Brot und Butter, Sicherheit und Komfort, Arbeit und Wohlstand. Und es gibt dort saubere Zimmer, saubere Betten - Pfirsiche mit Sahne.

Aber das gelobte Land erreichen ... Daraus wird so bald nichts werden. Wahrscheinlich ... sogar fast sicher nie.

Die Umstände werden Mabrouk weiterhin hier festhalten. Sie alle. Das ist Politik.

Familien und Mütter mit Kindern haben noch die besten Chancen das Lager zu verlassen.

Aber Mabrouk weis, Tatsachen sind stärker als jede Sehnsucht, Kälte stärker als Vertrauen, Hunger stärker als jede Hoffnung.

Junge Männer wie Mabrouk hängen ab, stehen am Zaun, haben keine Beschäftigung oder Aufgabe, kriegen den Lagerkoller. Man wartet, wartet, wartet. Tag für Tag. Wartet auf die Genehmigung 07 endlich zu verlassen, wartet ... Man wartet vergeblich.

Die Verzweiflung wächst.

Man gehört einfach zu den Verdammten, von denen dort draußen niemand mehr etwas wissen will. Gehört zu den Fremden, von denen man dort draußen nur Schlechtes erwartet. Gehört zu den Gefährlichen, die das Zusammenleben der alteingesessenen Bevölkerung bedrohen. Deshalb der Zaun, die Sicherheitsvorkehrungen, die Wachmannschaft ...

11

Mabrouk ist einen Schritt zurückgetreten vom Zaun, sieht nur noch mit Sonnenbrille zur Sonne.

Hier wartet man vergeblich. Viele werden nirgends mehr hinkommen, werden sterben ...

Was kann, was muss man nur tun, um das gelobte Land zu erreichen? Rauskommen ... rauskommen muss man ... Ganz klar. Egal wie. Aber nur draußen sein hilft einen Dreck. Man braucht auch einen Plan wie man sicher hinkommt - ins gelobte Land.

- *Ein Ausweg* -

In Lager 07 gibt es einen ärztlichen Notdienst und einen Arzt. Aber dieser Arzt ist nicht immer vor Ort, höchstens zweimal die Woche. An seiner Stelle gibt es einen Hilfsarzt, der dauerhaft in der kleinen gemauerten Baracke neben dem Lagertor wohnt.

Sein Name ist Essam. Auch ein Araber.

Mit Essam kommen alle Lagerbewohner in Kontakt. Wenn auch nur zur ersten Impfung oder halbjährigen Routineuntersuchung.

Mabrouk hat seine Fühler ausgesteckt, sich umgehört. Hinter vorgehaltener Hand geht schon länger das Gerücht, dass der Hilfsarzt Beziehungen hat, Leute aus dem Lager schleusen kann.

Mabrouk hat sich entschlossen. Aber bevor er in Aktion tritt, kontrolliert er erst seine stillen Ressourcen. Er hat sie gut vergraben. Neben dem Schutthaufen hinter Container 37. Hat die Stelle markiert. Ein Kratzer am Container, dazu eine Fußlänge Abstand.

Mit einem zerbrochenen Stück Ziegel, gräbt Mabrouk jetzt die Tüte mit seinen Euro aus. Noch da.

Er versteckt die Tüte wieder. Diesmal an einer anderen Stelle. Man weis ja nie ... Dann schneidet er sich mit seinem Taschenmesser in den Handrücken.

Mit dieser Verletzung geht er zum ärztlichen Notdienst. Zum Hilfsarzt. Macht dort vorsichtige Andeutungen.

Essam, der Hilfsarzt verbindet Mabrouks Hand.

Essam ist ein verständiger Mann. Er lächelt und lässt durchblicken:

Sicher, man kann da schon etwas tun - falls man genug Geld hat. Die Flucht müsse organisiert werden. Und das sei riskant, koste. Dazu müssten aber erst genügend Leute beisammen seien. Dann könne man die Sache angehen und etwas anleiern - mit genug Geld.

Bis jetzt habe der Hilfsarzt erst fünf Leute, die den hohen Preis ... Es müssten aber mindestens zwanzig sein, sonst könnten die Partner nicht ... Er selbst könne leider nicht anwerben. Die Behörden! Aber wenn vielleicht Mabrouk noch andere Leute fragen könnte, ob sie ... Vorausgesetzt, das Geld ... Genug hier, genug da ...

Mabrouk schaltet:

Wenn er werben soll, was springt dann für ihn dabei raus? Immerhin ist auch das Arbeit. Wenn er dem Hilfsarzt zehn Leute bringt, die dafür zahlen ...

Essam lacht.

Der Schlaue erkennt den Schlauen an seinen Hintergedanken. Wie der Hund sein Herrchen am Geruch.

Wenn Mabrouk dem Hilfsarzt zehn Mann bringt, kann er gratis mitkommen. Falls noch andere ... damit es mindestens zwanzig ...

Und wenn Mabrouk ihm alle bringt, die zur Flucht noch fehlen?

Essam ist begeistert.

Wenn er ihm alle bringt, also fünfzehn oder mehr, bekommt er einen Anteil vom Geld. Und zwar für jeden, den er anwirbt. Das wird der Hilfsarzt mit seinen Partnern draußen für ihn regeln.

Mabrouk ist einverstanden.

Er weis, es gibt viele Verzweifelte im Lager - viele, die am Zaun hängen, bis zur Erblindung in die Sonne starren, verzweifelt genug sind, damit sie für eine Flucht ins gelobte Land ihre versteckten Euro geben.

Der Hilfsarzt und Mabrouk kommen überein.

Mabrouk wird ihm die Leute nach und nach schicken.

Und zwar so schnell es geht.

Und die Sache geht schnell.

Mabrouk, der die Leute kennt, bei den Lagerbewohnern sofort den richtigen Ton trifft, leistet ganze Überzeugungsarbeit. Schon in den nächsten Tagen erscheinen beim Hilfsarzt mehrere Lagerinsassen mit ganz verschiedenen Verletzungen und Beschwerden.

Mabrouk wartet. Ende der Woche kommt er wieder zum Hilfsarzt, erkundigt sich nach seinen erfolgreichen Anwerbungen.

Genug?

Genug! lacht Essam, erneuert Mabrouk den Verband, gibt ihm den Auftrag die Leute noch einmal zu ihm zu schicken.

Sie sollen das Geld zur Flucht zu ihm bringen. Dann kann er aktiv werden. Und schon nächste Woche mit seinen Partnern einen Termin für die Flucht ausmachen. Das mit seinen Partnern hat der Hilfsarzt geregelt. Mabrouk bekommt für seine Hilfe zehn Prozent. Gut?

Mabrouk ist einverstanden.

Und alles läuft reibungslos.

Das Geld kommt, der Fluchtplan steht.

Man flieht abends.

Dreißig und ein Flüchtling schlüpfen durch den aufgeschnittenen Zaun an der Ostseite des Lagers. Hinter den Latrinen.

Dort steht ein Fluchthelfer, winkt und scheucht die Männer, Frauen, Kinder durchs angrenzende Kornfeld, führt die Gruppe in die Dunkelheit.

Zwei Wochen später und dreihundert Kilometer nördlich: Auf einer Autobahnraststätte, direkt an der Grenze zum gelobten Land, findet der Straßenkontrolldienst einen verlassenen LKW.

Man steigt aus, will den LKW kontrollieren. Aber schon im Näherkommen dreht man sich fort. Man wankt, muss würgen, weis sofort bescheid.

Mal wieder!

Man hat in den letzten Monaten schon Erfahrung gesammelt. Vor allem an den Grenzübergängen zum gelobten Land.

Es hilft nichts. Nichts hilft. Man muss den LKW aufbrechen. Trägt dabei Mundschutz, aber atmet trotzdem ausschließlich durch den Mund.

Und kaum geöffnet, starrt die Sonne einmal mehr auf dreißig Leichen. Männer, Frauen, Kinder. Erstickt und bereits am Verwesen.

NEU LAND

- der Rote und der Blaue -

Ein alter Transporter mit dem Aufdruck einer Gärtnerei braust eine schäbige Vorortstraße entlang.

Am Ende der Straße steht ein runtergekommenes Haus. Dort fährt der Transporter auf den Gehweg, hält an. Während der Motor weiterläuft, wird von innen die Schiebetür aufgerissen.

Zwei Afrikaner springen schwerfällig aus der offenen Schiebetür auf den Gehweg. In Trainingsklamotten, mit großen Rucksäcken und übermüdeten Gesichtern - Neuankömmlinge. Einer mit roter Strickmütze, der andere mit blauer Basecap.

Sofort knallt hinter den beiden die Schiebetür wieder zu. Und schon braust der Transporter ab, lässt beide zurück. Vor dem runtergekommen Haus in der schäbigen Vorortstraße.

Es ist ein trüber Nachmittag und alles nass. Bis vorhin hat es noch geregnet.

Einen Moment sehen die beiden Neuankömmlinge noch dem Transporter nach, der eilig in der Ferne verschwindet. Dann wandern ihre Blicke über die Umgebung. Eine Straße - leer. An den Straßenrändern Autos - geparkt.

Und in die übermüdeten Gesichter der beiden Neuankömmlinge bläst ein feuchter Oktoberwind.

Man ist angekommen. Im gelobten Land.

Est-ce que c'est la maison, Didier? fragt die rote Mütze seinen Reisegefährten, sieht dabei unruhig zu dem runtergekommen Haus - auf die zerfallene Fassade, die Graffiti, das Unkraut, die versteinerten Hundehaufen.

Man ist angekommen. Gut.

Statt zu antworten, kramt die blaue Basecap einen zerknautschten Zettel aus der Hosentasche.

Während der Blaue den Zettel prüft, geht er langsam zur verschrammten Haustür, sieht nach. Aber er findet nirgends eine Hausnummer. Denn das Haus hat keine Hausnummer mehr. Auch keine Namensschilder. Es gibt nämlich auch keinen Klingeltafel mehr. Und keine Klingeln. Denn das Hauptkabel für die Klingeln hängt direkt aus einem Wandloch, auf das der Blaue glotzt.

Didier? ruft der Rote wieder, diesmal ungeduldig, weil der Blaue den Kopf schüttelt. Dafür bekommt der Rote einen ungehaltenen Blick zugeworfen.

Der Rucksack ist so schwer - direkt vorm Ziel.

Der Rote stöhnt, schnallte den Rucksack ab, will sich ausgiebig strecken -

Allons, Robert! Vas-y! ruft der Blaue.

Man ist angekommen, muss hier richtig sein.

Der Blaue hat das offene Tor zum Innenhof entdeckt, geht voraus. Bis er verärgert bemerkt, dass der Rote absichtlich trödelt und zögert.

Est-ce tu essûrque c'estl'entrée? La numéroDidier - juste? ruft der Rote.

Oui oui, Robert! Elle est juste, elle est juste! beruhigt der Blaue den Roten, der widerwillig seinen Rucksackwieder überstreift, schiebt ihn genervt durch den offenen

17

und ausgeleierten Torflügel in einen Durchgang.

Dort hängt eine Doppelreihe Briefkästen - verbeult, unnütz. Denn auch hier gibt es keine Namen, kommt keine Post mehr an.

Der Rote spielt an einem Briefkasten, lässt sein Türchen quietschen.

Robert!

Mit entschlossenem Schritt tritt der Blaue in den Innenhof, sieht. Auf dem Boden liegen Brocken von Putz - von den Wänden abgefallen, liegen gelassen. Und überall sind Wäscheleinen, ziehen sich durch den ganzen Innenhof - kreuz und quer, von Mauer zu Mauer. Wie ein wirres Spinnennetz. Sinnlos. Denn hier wird keine Wäsche mehr aufgehängt. Namen, die es nicht gibt, hängen nämlich keine Wäsche auf. Aber die Leinen hängen trotzdem voll.

Mit Regentropfen.

Der Blaue sieht sich wieder um. Er sucht, sieht zu seinem Begleiter, verdreht genervt die Augen. Der Rote lächelt, tippt behutsam jede einzelne Wäscheleine an, lässt reihenweise die Regentropfen fallen.

Robert!

Verlegen sieht der Rote zum Blauen, der längst zum Tor sieht. Dort kommt jemand. Ein kleiner Mann. In Anzug und mit gepflegtem Spitzbart. Flink, geschmeidig. Geschäftsmann. Auch Afrikaner. Zwei Goldringe an der rechten Hand, die er hebt, lächelt, die Neuankömmlinge grüßt:

Hällow, my friends.

Einen Moment mustert der Spitzbart beide Neuankömmlinge, entscheidet sich für den Blauen.

Are you the new guys, jäh? fragt er.

Er lächelt immer weiter, wartet auf die Antwort.

Der Blaue zeigt ihm den zerknautschten Zettel, erklärt:
We want to meet ...
Aber der Spitzbart sieht überhaupt nicht auf den Zettel,
nur auf den Neuankömmling.
Währenddessen betrachtet der Rote nur die Schuhe, die
der Spitzbart trägt - schöne schwarzen Halbschuhe.
Der Spitzbart lächelt noch stärker, nickt, geht schon los.
You come with me. Come. I know, I know where you
want to go, ruft er, winkt den Neuankömmlingen, ist
schon aus dem Innenhof, durchs Tor.
Der Blaue folgt. Schnell und entschlossen.
Robert!
Didier?
Der Blaue schnauft, sieht vorwurfsvoll zum Roten, der
wieder zögert, noch immer im Innenhof steht.
Didier, Didier, äfft Didier, klatscht zweimal in die
Hände: Ah, Robert, froussard!
Und er befiehlt: Vas-y, tout de suite!
Der Rote folgt, trottet dem Blauen hinterher. Aber nur
mit Bauchweh. Die Sache ist irgendwie komisch, gefällt
ihm ganz und gar nicht.
Der Spitzbart wartet auf die Neuen, hält die Haustür
offen, peilt dabei unentwegt über Straße und Gehweg.
Schweigsam geht es zu dritt durchs halbdunkle und
schäbige Treppenhaus. Links und rechts je eine Tür.
Stumm, dunkel, unbelebt.
Es geht bis ganz nach oben. Dritter Stock. Vorneweg
der Spitzbart, der vor der linken Wohnungstür stehen-
bleibt, anklopft.
Didier?
Que? zischt der Blaue grimmig zurück.
J'aipeur, Didier!
Hinter der Wohntür tut sich was. Schritte.

19

Calmes toi, Robert, schüttelt der Blaue die lästige Hand des Roten von seinem Arm.

Die Wohnungstür geht auf. Dort steht ein Kerl wie ein Schrank. Lederjacke, Jeans. Mustert einen Moment die Versammlung. Erkennt den Spitzbart, beäugt argwöhnisch die beiden Figuren in Trainingsklamotten.

And who ah these geis?

It's all-right, all-right ... Your boss is waiting, erklärt ihm der Spitzbart, klingt nur gereizt von der Verzögerung, lässt für eine Sekunde das falsche Lächeln fallen.

Und prompt räumt der Schrank die Tür frei, öffnet sogar sperrangelweit die Wohnungstür, lehnt sich an die Wand, wartet, bis alle an ihm vorbei sind, bevor er die Tür wieder schließt.

Der Rote klebt am Blauen, drückt gegen seinen Rucksack, sieht mulmig zur stechenden, nackten Glühbirne, die im Gang von der Decke hängt.

Der Gang ist lang, die Wohnung groß, hat mehrere Türen. Eins, zwei, drei ... Und alle sind geschlossen, dunkel und stumm.

Endlich kommt man an.

Man sieht schon das Licht, den Lichtschlitz unter der Tür. Dort, hinter der letzten Tür im Gang muss die Zuflucht, die neue Freiheit, das Zentrum des gelobten Landes liegen - muss ...

Hier klopft der Spitzbart an, wartet kurz. Aufs Kommando von drinnen.

Und mit der Tür, die der Spitzbart öffnet, fällt grelles Licht in den düsteren Gang, blendet die Neuankömmlinge. Aber der Spitzbart geht nicht ins Zimmer, steht auf der offenen Türschwelle, verkündet nur eilig:

Your new guys are here.

Damit dreht er sich um, lächelt, nickt den beiden Neuen zu, klopft ihnen auf die Schulter - und macht sich schnell davon. Und alles in einem Aufwasch.

Come in!

Das Kommando beendet die Verwirrung der Neuen.

Und der Blaue geht vor. Wie immer. Mitten ins grelle Zimmerlicht.

Man ist angekommen.

Direkt im Zentrum der neuen Freiheit. Und der Macht.

~ der Boss ~

Das Zimmer ist groß. Und fast leer. Bis auf: eine grelle Stablampe, eine fette Blondine, eine silberglänzende Sonnenbrille und eine silberne Schale.

Das alles fällt den Neuen sofort ins Auge. Blendet. Irritiert. Bevor man die Dinge im Zimmer sortiert und angeordnet, gestellt und gesetzt hat: Die Stablampe neben das verrammelte Fenster. Die fette Blondine in einen Sessel in die rechte Zimmerecke. Die silberne Sonnenbrille hinter einen Schreibtisch. Und die silberne Schale mit den Trauben Schale auf den Schreibtisch.

Eins ist den Neuen aber sofort klar: Hinter der Sonnenbrille am Schreibtisch sitzt der Boss. Ein Zwerg in einem weißen Anzug. Goldkette um den Hals. Auch Afrikaner. Sitzt ausdruckslos. In seiner silberglänzenden Sonnenbrille spiegeln sich die verblüfften Gesichter der beiden Neuen.

I'm de boss, erklärt plötzlich der Boss. Mit heller Kinderstimme. Und er fragt: So, you two will work for me?

Wie? Was?

Der Blaue rollt die Augen, ist nicht so ganz überzeugt von dem, was er hier sieht - sieht zur Sicherheit noch immer verwirrt nach dem Stuhl vom Boss. Genauer, nach den Stuhlbeinen.

Richtig.

Die Füße vom Boss berühren nicht mal den Boden.

Der Rote hält sich erst gar nicht auf mit solchen Lappalien, schielt hinterm Rücken des Blauen längst nach der Silberschale, leckt sich die Lippen.

Oh, Trauben!

Die fette Blondine in der Zimmerecke ist hier außen vor, glotzt nur auf ihr Smartphone.

Der Boss wartet. Der Rucksack drückt.

Yes! meint der Blaue, stößt den Roten an.

Yes, yes, betätigt der Rote gedankenlos, hat weiterhin nur Augen für die Trauben. Bekommt einen Stoß, folgt dem Beispiel des Blauen, zieht seinen Rucksack ab.

Wery good, erwidert der Boss, erklärt: You will live here. Now one of my workers will show you, wat's going on here. Und er ruft. Mit seiner Kinderstimme:

Fossie!

Eine Seitentür geht auf.

Man hat die Tür vorher gar nicht gesehen. Vor lauter Überraschung, vor lauter Zwerg, lauter Boss.

Ins Zimmer kommt ein Typ mit gepunktetem Halstuch, brauner Weste, einem kleinem Hut auf dem Kopf. Natürlich auch Afrikaner. Schweigend bliebt er vor den beiden Neuen stehen, mustert sie einen Moment eingehend. Erst den Blauen, dann den Roten.

What do you think? fragt ihn der Boss.

Flowers, erwidert Fossie.

Die fette Blondine in der Ecke kichert kurz - für sich. Hat nichts zu tun mit der Umgebung.

22

Der Boss sieht jetzt zu Fossie, hebt die Brauen:
Take them and show them the flowers.

Let's go, zeigt Fossie auf die Seitentür, geht voraus, erklärt dabei vollmundig:

I give you de information you need for your work. I give you!

Und die Neuen folgen. Mit übergeworfenen Rucksäcken. Der Blaue sofort. Mit verschlossener Miene. Der Rote wieder nur widerwillig. Mit feuchten Lippen.

Keine Trauben im Moment - schade.

Wieder geht es raus - aus dem grellen Licht. Raus aus der sicher geglaubten Zuflucht, der neuen Freiheit, dem Glauben ans gelobte Land. Durchs leere Nachbarzimmer, ins Zimmer dahinter. Dort liegen überall leere Matratzen. Zwölf Stück. An den Wänden billige Regale, vollgestopft mit Klamotten und persönlichem Krimskrams. An der Decke eine nackte, trübe Glühbirne. Wie im Gang. Wie in einem Notlager.

Die Belegschaft ist schon komplett bei der Arbeit - verkauft - draußen, auf den Straßen.

Man hat die Schlafplätze der beiden Neuen bereits vorbereitet. Zwei kahle Matratzen mit einer Decke.

Langsam kommt man an. Gut.

Unsicher bleiben die beiden Neuen stehen, glotzen übermüdet auf die Matratzen, dürfen neben ihren neuen Schlafplätzen ihre Rucksäcke ablegen.

Aber ausruhen, schlafen ist nicht. Das kann man später. Nach getaner Arbeit, der ersten Nachtschicht.

Es geht es direkt weiter. Erst muss die Arbeit zugewiesen und ausgeführt werden.

Fossie steht. Fossie wartet. Und Fossie weist ein.

Come on in my friends, come, geht er durch die nächste Tür, zurück über den Gang. Zum Badezimmer.

Dort zeigt er den Neuen die Toilette und Dusche. Eine schmutzige Toilette und eine verkalkte Dusche für zwölf Mann.

Man kommt immer mehr an. Besser.

Fossie sieht in die stummen, müden und dummen Gesichter der Neuen. Stumm, müde und dumm.

Fossie lächelt zufrieden.

So soll es sein. So ist es immer.

Der Blaue verzieht keine Miene, der Rote fasst sich an den Hinterkopf. Keine Wiederrede.

So muss es sein. So ist es immer.

Fossie lächelt:

And now ... your job. The flowers.

Und Fossie öffnet die letzte Tür für die Neuen. Direkt neben der Wohnungstür. Diesmal mit einem Schlüssel.

Hier ist der Lagerraum, lagern reihenweise Kartons. Kartons mit Elektrogeräten, Uhren, Krimskrams.

Man hat sie direkt an die Wände gestapelt. Zum Teil bis zur Decke.

Der Raum ist eng. Die beiden Neuen stehen hintereinander, riechen sofort die Blumen.

Fossie beugt sich vor, greift in die Putzeimer am Boden, zählt leise ab, reicht die tropfenden Bündel weiter.

Rote Rosen. Jede einzeln in Folie verpackt.

Die Armbeugen wachsen, pressen die tropfenden Bündel.

Und Fossie reicht weiter. Bis zwei Eimer leer sind.

Dann dreht er sich um, erklärt den beiden Neuen:

The price is tree juro for one. Don't forget. Okay?

Man ist endlich am Ziel. Am besten.

Der Blaue nickt teilnahmslos, stößt den Roten an.

So muss es sein. So ist es immer.

Fossie klopft den Neuen auf die Schulter.

Und ab.

Der Rote stutzt noch einen Moment. Noch einmal wird er von seinem Begleiter angestoßen.
Wie immer.
Vas-y Robert!

- Verlassen -

Unten vorm Haus ist es dunkel. Der Mond schon raus.
Aber der Blaue geht nicht. Er sieht auf seine Rosen, sieht zum Roten mit seinen Rosen. Er seufzt.
Erst jetzt er wirklich angekommen. Im inneren Kreis der Wahrheit, der die Geister, das eigene Leben vom Leben anderer trennt. In den Widerstand der einen und die Ergebung der andern.
Didier?
Der Blaue seufzt wieder, übergibt dem Roten seine Rosen. Dann steckt dem Roten einen Zehner in die Jackentasche. Dazu den Zettel mit der Adresse. Und er versucht zu lügen, erklärt ihm die Vorteile …
… wenn sie sich hier trennen und jeder auf eigene Faust sein Glück versucht …
Aber der Rote schreckt zurück. Ahnungsvoll. Weis. Er starrt seinen Begleiter an, jammert los, glaubt ihm nicht.
Robert …
Didier?
Robert!
Der Blaue sieht ein, dass er sich nicht davonstehlen kann. Nicht so, mit Ausreden.
Also nickt er.
Er nickt schuldbewusst, aber selbstsicher.

Und so gehen die beiden Reisegefährten auseinander -
nach allem. Und ohne viel Umstände.

Au revoir, Robert, hält der Blaue noch kurz seine Hand
auf die Schulter des Roten. Macht schnell.

Auch er weis. Aber er kann nicht anders, kann nicht
zurück, muss alleine fort, geht.

Mehr Abschied ist nicht.

Da steht der Rote, wird verlassen - nach allem. Aber
er wird jetzt stumm, jammert nicht mehr, wirkt nur
noch traurig. Was soll er auch sagen? Kann er noch
tun? Es hat keinen Sinn zu jammern, wenn der andere
so oder so geht. Das ist so.

DidierDidier... AubientôtDidier, ruft er dem Blauen
dann doch noch nach. Mit falscher Munterkeit.

Aber der Blaue sieht nicht zurück, geht schnell, entschlossen und unaufhaltsam. Mit gesenktem Blick und
schlechtem Gewissen - nach allem.

Der Rote steht da. Wie ausgekotzt. Alleingelassen.
Den Arm voller Rosen. Sieht dem Blauen bekümmert
nach, weis nicht, was jetzt werden soll.

Noch eine Weile steht der Rote ratlos. Bis ihm die Rosen entgleiten. Denn die Rosen in der Folie sind glatt,
rutschen aus seinem Arm auf den Gehweg. Der Rote
hebt sie auf, überlegt kurz. Dann fügt er sich noch einmal, wandert los.

Ziellos.

In die Stadt.

Mit seinen Rosen, die er verkaufen soll.

Irgendwo. Irgendwie.

Aber der Rote hält die Rosen fest in der Armbeuge,
trägt sie müde durch den unfreundlichen Herbstabend.
Durch fremde Straßen, eine fremde Stadt.

Durch Neuland.

Ins Unbekannte.

Und er hofft. Dass er hier durchkommt.

Irgendwo, irgendwie.

Wenn nur die Rosen nicht nass werden. Sonst kauft sie keiner mehr. Wenn er überhaupt jemanden findet, der eine von den vielen Rose kauft ...

Er muss es versuchen.

Allein.

Irgendwo, irgendwie ...

Und er verdrängt die plötzliche Trennung von seinem Reisegefährten, das Gefühl der Einsamkeit, den Gedanken, dass er alleine aufgeschmissen ist, denkt an die ...

Trauben ... so lecker ...

Die Trauben, die er beim Boss gesehen hat - sie begleiten den Roten, verfolgen ihn, gehen ihm nach.

Er weis und merkt gar nicht, wohin er geht. Vor lauter Hoffnung, lauter Trauben. Geht nur und sucht Lokale und Kneipen für seine Rosen.

Zurückkommen zum Haus ist eine andere Sache. Dafür hat er ja den Zettel, den ihm sein abtrünniger Reisegefährte noch zugesteckt hat.

Und er macht sich Mut.

Wenn er die ganzen Rosen verkauft, dann kann er sich von seinem Lohn selbst Trauben kaufen. Gibt ihm der Boss vielleicht sogar was ab von seinen Trauben.

Aus Anerkennung.

Der Rote wandert.

Die Gehwege entlang.

Bleibt stehen.

Da ist ein helles Fenster, mit Musik und Lärm. Eine Kneipe. Der Rote steht vorm Kneipenfenster, späht in die Kneipe.

Voll.

Vorsichtig geht der Rote in die Kneipe, weicht aus, schiebt sich mit seinem riesigen Bündel leise und unaufdringlich von Tisch zu Tisch. Vorbei an der Theke. Geht vom Fenster bis zum Scheißhaus. Bietet dabei unermüdlich, bietet Jung und Alt, bietet Grünschnäbeln und Schnapsnasen, bietet allen Anwesenden, allen Pärchen seine Rosen an.

Aber der Rote hat kein Glück, kriegt Abfuhr nach Abfuhr, kriegt von seinem Bündel keine Rose los.

Keine einzige.

Hier gibt es keine Verliebten, nur Besoffene. Hier will man keine Rosen, will man nur besoffen werden.

Erfolglos tritt der Rote wieder auf die Straße. Aber er lässt sich nichts anmerken, lässt sich nicht, drückt sein Bündel. Geht weiter.

Bis es anfängt zu nieseln.

Der Rote sieht kurz nach oben, öffnet seine Trainingsjacke, packt die Rosen notdürftig unter, versucht sie halbwegs zu schützen. Geht. Immer vorsichtig, damit die Rosen unter der Jacke nicht zerdrücken.

Die Trauben … so lecker …

Da ist schon die nächste Kneipe, die nächste Anlaufstelle, die nächste Chance.

Wieder schiebt der Rote sich unauffällig durch, macht den Anwesenden sein unermüdliches Angebot.

Eine einzige Rose wird er diesmal los. Aus Mitgefühl. Oder Rührung. Aber mehr nicht.

Eine. Und eine Rose zählt nicht.

Das heißt, eine Rose zählt schon.

Eine Rose ist eine Botschaft, und sie sagt mehr als jedes Bekenntnis durch Worte. Eine einzige Rose ist kann Himmel oder Hölle in Bewegung setzen. Eine einzige Rose hat schon Chaos oder Hoffnung, hat schon Zuneigung oder Unheil über einzelne Schicksale oder ganze Völker gebracht. Nur eine Rose kann das Herz eines Menschen öffnen oder seine Seele befreien.

Und das ganz ohne Kitsch, ohne Rührung.

Soviel.

Aber für den Roten, der Rosen verkaufen muss, ändert eine verkaufte Rose nichts. Denn noch lohnt sich das Zählen nicht, sind sein Arm, seine Jacke prall gefüllt. Und das lange Rumtragen, das Abschirmen vorm Regen unter der Jacke tut der Schönheit der Rosen gar nicht gut. Obwohl er sie so behutsam behandelt.

Noch eine Kneipe, noch eine Rose.

Das ist alles.

Aber der Rote, unser Neuankömmling wandert noch immer umher. Ziellos. Ununterbrochen. Übermüdet.

Zwei Stunden ist er jetzt unterwegs. Mit seinen Rosen, die mittlerweile nicht gerade mehr frisch aussehen.

Die Trauben ... so lecker ...

Es wird Nacht. Der Regen stärker. Unser Neuankömmling und seine Rosen sind inzwischen nass. Aber wo immer er mit seinen Rosen auch aufkreuzt, nichts geht mehr. Es bleibt dabei. Nur eine einzige Rose hat er bisher verkauft und schon ein halbes Dutzend Kneipen abgeklappert.

Frustrierend.

Vom vielen Laufen bekommt unser Neuankömmling Hunger und Durst, holt sich vom zugesteckten Zwanziger im Imbiss einen Burger, am Kiosk Wasser, setzt sich unters Vordach eines Hauses, legt das Bündel kurz ab, macht Pause.

Jetzt schüttet es. Dunkel. Kühl. Auf die nasse Straße. Durch die Nacht. Mit regenrauschenden Autoreifen.

Etwas warten - bis es nachlässt.

Unser Neuankömmling zittert, lehnt sich an den Türpfosten, verkriecht sich in seinen Trainingsklamotten, schläft dort vor Übermüdung im Sitzen fast ein.

Und er träumt.

Aber die Trauben …

Ein alter Mann taucht auf. Hält einen Haustürschlüssel, verscheucht ihn von der Türschelle wie einen unerwünschten Hund, der schmutzt.

Und aufstehen. Ohne Widerrede. Fort vom Licht, das hinter ihm angeht. Mit den ramponierten Rosen. Weitergehen. Ziellos, übermüdet und gefügig. Ins Ungewisse. Durch den nassen Herbst, durch die nächtlichen Straßen der fremden Stadt. Durch Neuland. Vom Hörensagen erklärt zum gelobten Land.

~ irgendwie, irgendwo ~

Ein Glück, der Regen hat aufgehört.

Wer aus dem Dreck kommt oder im Dreck lebt ist zäh. Denn Dreck macht und ist zäh, hat neun Schichten - wie eine Katze neun Leben hat.

Unser Neuankömmling kennt das Elend, kennt die Not, die Stöße, die Schläge und Entbehrung. Ist leidgeprüft aus dem Effeff.

So einfach lässt er sich nicht.

Allein seine Kraft lässt trotzdem nach. Sein Gang wird schleppend, er trottet dahin. Mit glasigen Augen, kalten Händen, schweren Beinen. Vorbei an einer Tankstelle. Über einen leeren Parkplatz.

Längst starrt unser Neuankömmling vor sich hin, hat seine Hände in die Ärmel zurückgezogen, patscht durch

Pfützen. Aber unbeirrt hält er die Rosen, die langsam schlapp machen.

Und er hofft noch immer. Dass er hier durchkommt.

Irgendwie. Irgendwo …

Nur ab und zu sieht er noch auf, merkt gar nicht, dass er immer mehr abdriftet, sich verfranzt und die Innenstadt verlässt. Wieder in die Vorstadt, eine Gegend mit Plattenbauten kommt.

Vor unsrem Neuankömmling taucht eine Unterführung auf. Er geht runter und durch, erreicht die Biegung, läuft hoch.

Dort kommen ihm drei Typen entgegen. Geschlossen. Mit schnellen Schritten. In schwarzen Jacken, aufgekrempelten Jeans und Stiefeln. Besetzen komplett den Gehweg.

Dann geht alles schnell.

Unser Neuankömmling weicht aus, tritt auf die Straße. Aber auch die Drei wechseln den Kurs, versperren ihm den Weg. Geschlossen, bedrohlich. Außen zwei Lange, in der Mitte der Kleinste. Viel kleiner als unser verwirrter Neuankömmling. Und der Kleinste geht direkt auf Tuchfühlung, tritt dabei hart mit seinen Stiefeln auf den Boden, plustert sich auf, stiert ihn an. Im nächsten Moment schnellt der Arm des Kleinen in die Höhe. (So groß wäre er gern!). Während er unsrem Neuankömmling eine Floskel ins Gesicht gebrüllt.

Verängstigt weicht unser Neuankömmling einen Schritt zurück, sucht einen Ausweg, nimmt kopflos eine seiner Rosen, bietet sie an. Die Langen lachen. Aber der Kleine schlägt ihm die Hand fort, dass die Rose in Straßenschmutz fliegt. Schon greift der Kleine an, macht ernst mit seinem sinnlosen Quatsch, stößt unsren Neuankömmling gegen die Schulter.

Endlich hat unser Neuankömmling den Durchblick, muss reagieren, schmeißt dem Kleinen blitzschnell die Rosen über, rennt besinnungslos los. Zurück durch die Unterführung. Durch die dunkle Sieglung. Vorbei an den verregneten Plattenbauten. Vorbei an den vielen gehörlosen und verschlossenen Türen, den tausend blinden und verschlossenen Fenstern.

Unser Neuankömmling ist schnell und wendig, schießt um die nächste Straßenecke. Etwas hinter ihm und hinter ihm her die Drei. In ihren schweren Stiefel. Sie brüllen, beschimpfen ihn.

Und da, neben dem Gehweg ... Unsre Neuankömmling nutzt die Chance, bremst sofort aus, huscht durch die Lücke hinter die großen und nassen Mülltonnen.

Hier kauert er sich hin. Die Hand vor Nase und Mund, macht keinen Mucks, schließt die Augen und wird zum Stein.

Die Trauben ... so lecker ...

Während auf dem Gehweg inzwischen die Gefahr, die böse Welt, das Unheil blöken, stürmen und trampeln.

Die lauten Stimmen und schweren Stiefel poltern - vorbei. An den Tonnen und ihm.

Er lässt sie vorüber. Gehetzt. Mit geschlossenen Augen, lässt sie verschwinden. Im Traum vom gelobten Land mit seinen Trauben - Trauben, die niemand zerquetschen, niemand zertrampeln kann.

Danach ist alles wieder still.

Minuten vergehen.

Aber unser Neuankömmling bleibt zusammengekauert, verharrt reglos in seinem Versteck. Minutenlang. Minuten der Furchtlosigkeit, der Entspannung und Erholung. Minuten. Lange.

Reglos und mit geschlossenen Augen.

Ausruhen von der endlos langen Reise. In der Länge der kühle Herbstnacht, der Nässe. Minuten. Im Schoß der tröstlichen Leere. Beim erträglichen Müll.

Nur in der Ewigkeit gibt es keine Bitterkeit, sind Himmel und Hölle gleichgültig. Verlust, Angst und Not gibt es nur, wo es Aussicht auf den Himmel gibt.

Hier, beim Müll ist man gut aufgehoben, hat man hinter den Tonnen keine Aussicht auf den Himmel. Hier, im Schutz der Dunkelheit ist man sicher zuhause. Hier gibt es nichts, was man verteidigen, worum man kämpfen muss. Hier kann man ruhig noch ein Weilchen ein Stein bleiben, braucht ohne Licht auch keine Augen. Und niemand verscheucht oder macht einen an. Denn niemand braucht oder beachtet einen Stein, der alles hinnimmt und damit alles überdauert.

Wer aus dem Dreck kommt oder im Dreck lebt …

Auf der Straße fährt inzwischen ein Wagen vorbei, hält ein Stück weiter auf dem Gehweg.

Unser Neuankömmling lauscht. Es nähern sich Schritte. Direkt in seiner Nähe. Nur ein paar Meter entfernt. An der Nachbartonne.

Die Schritte stören seinen kurzen Frieden.

Unabsichtlich öffnet unser Neuankömmling die Augen, wird zurückgeholt in die Welt.

Und damit zurück in die Hoffnung und Angst.

Dort an der Nachbartonne plätschert es gegen die Mauer. Jemand stöhnt - leise, erleichtert. Und furzt.

Unser Neuankömmling dreht den Kopf, sieht die Umrisse eines Mannes, der gegen die Mauer pisst, sieht sogar den Schatten vom Pissstrahl, sieht den Mann abschütteln, mit seinen Schritten verschwinden.

Wieder Stille. Aber der Frieden ist versaut, die Welt und Unruhe zurück.

Im nächsten Moment leuchtet unsrem Neuankömmling eine Taschenlampe ins Gesicht. Jemand ruft einen Befehl. Für unsren Neuankömmling unverständlich, aber mit eindeutiger Message. Vorsichtig steht unser Neuankömmling auf, taucht auf hinter der Tonne, hebt dabei die Hände. Er zittert - ängstlich, kalt. Von der Taschenlampe geleitet, genagelt vom Pistolenlauf, kommt er zwischen der Tonnenlücke langsam auf den Gehweg. Mit stumpfsinnigem Gesicht, hoffnungslos. Man hat ihn. Wird ihn nicht wieder laufen lassen. Denn er hat den *policier* beim Pissen beobachtet.

Die Trauben ... so lecker ...

Keine Zeit für Bedauern, keine Zeit für Reue und Gejammer. Die Rosen sind futsch, seine Reise zu Ende. Man hat ihn erwischt und fertig.

Was immer jetzt auch kommt, was immer die fremden Staatsdiener im gelobten Land mit ihm anstellen - es ist nicht mehr seine Schuld.

Wer in den Schmerz geboren ist oder nur Schmerz kennt, ist überlegen. Denn Schmerz ist der Lehrer, der auf alles im Leben vorbereitet. Selbst aufs Ende.

Unser Neuankömmling steht, schöpft Atem, schweigt und wartet. Ergeben, mit gehobenen Armen.

Man befummelt seine roten Mütze, leert seine Taschen.

Do you speak English?

Unser Neuankömmling hält den Kopf schief, sieht stumpfsinnig geradeaus, vorbei am ersten Beamten. Sein Mund steht leicht offen, aber er spricht nicht.

Die Frage läuft ins Leere.

No? And passport? No? vergewissert sich der zweite Beamte. Unser Neuankömmling sieht ihn jetzt direkt an. Zum ersten mal. Er schweigt weiter, wartet, bis man handelt, mit ihm tut, was man tun will.

Und man handelt.

Nach Vorschrift.

Mit der zweiten Frage, die unbeantwortet bleibt.

Widerstandslos und ohne Mucks lässt unser Neuankömmling sich Handschellen anlegen, filzen und abführen. Zum abgestellten Streifenwagen. Lässt sich ergeben auf den Rücksitz bugsieren, gleichgültig die Handschellen nach vorne binden, lehnt sich ins Polster und schließt die Augen.

Wer in den Schmerz geboren ist oder nur Schmerz …

Die Trauben … so lecker …

Der Streifenwagen fährt los.

– aufgegabelt –

Möcht' nur mal wissen, wo der jetzt wieder herkommt, meint der erste Beamte mit einem Kopfschütteln, seufzt und sieht in den Rückspiegel.

Im Wagen ist es warm.

Unsrem Neuankömmling hat aufgehört zu zittern, hängt schlaff im Rücksitz, wird von der Fahrt getragen, schaukelt ausgeliefert-sicher, schaukelt sachte wie im Mutterleib. Ist vor Erschöpfung schon eingeschlafen.

Würd' mal sagen Afrika, erwidert der zweite Beamte.

Was du nicht sagst … , meint der erste Beamte.

Ob Himmel, ob Hölle, der Schlaf macht keinen Unterschied, holt alle einen Augenblick nach hause in die Ewigkeit.

Das ist erst der Anfang. Afrika kommt, holt sich wieder, was man ihm genommen hat. Würdest du auch.

Was du nicht sagst …

Ob Glück oder Unglück, wer nichts mehr zu verlieren hat, riskiert alles und kann dabei nur gewinnen.

Wir können es nicht aufhalten und nicht verhindern.

Was du nicht sagst ...

Ob so oder so, wird das Leben zum endlosen Leiden, erkennt man im Ende irgendwann die Freiheit.

Willst du noch mehr hören?

Nein. Ich werd' mich hüten nachzudenken, wie du, schließt der erste Beamte.

Der Streifenwagen kommt an. Im Präsidium.

Unser Neuankömmling wird geweckt, bekommt die Handschellen wieder nach hinten angelegt. Stumm und ohne jede Gegenwehr trottet er zwischen den Beamten ins Präsidium, wird in eine Schreibstube geführt, bekommt die Handschellen ab, setzt sich.

In einem Plastikbeutel auf dem Tisch liegt, was unser Neuankömmling bei sich hatte. 8,57 Euro. Sonst nichts. Kein persönlichen Gegenstände, keine Dokumente. Und kein Zettel mehr.

Kein Zettel mehr? Wie ...

Unser Neuankömmling kriegt kaum noch die Augen auf, glotzt mühsam auf den Beutel.

Sein Rucksack ist also auch futsch. Egal, war sowieso nur Plunder drin. Nur schade ums Bild mit seiner Mutter und seinen Geschwistern.

Aber was ändert das schon?

Keine Zeit für Bedauern, keine Zeit für Reue und Gejammer - über eigene Fehler, eigenes Versagen und falsche Versprechungen.

In der Schreibstube schreitet man zur Vernehmung.

Illegal, ohne Papiere, ohne alles - das gibt es oft. Also ist die Vernehmung an der Tagesordnung.

Aber die Vernehmung läuft hier ins Leere.

Unser Neuankömmling kann nicht mehr, hängt auf dem Stuhl wie ein Schluck Wasser in der Kurve. Mit Augen, so übermüdet, dass sie schon blutunterlaufenen sind. Er weis, was der Beamte, der schon sitzt von ihm wissen will: Wer er ist. Woher er kommt. Ob und auf welchem Weg er sich unerlaubt ins gelobte Land geschlichen hat. Wer ihm dabei ... aber ....

Er ist fertig, bekommt nicht mal mehr mit, dass er seinen Zettel irgendwo verloren hat. Und selbst die Zuflucht, das Bild von den Trauben ... *so lecker* ... verschwimmt im Nebel seiner Müdigkeit.

Der Vernehmungsbeamte, Meister der Zeit, hat ein Einsehen. So bringt das nichts.

Es geht auf vier Uhr morgens.

Man verschiebt die Befragung, hilft unsrem Neuankömmling auf die Beine, führt ihn aus der Schreibstube. Fort vom sinnlosen Tisch mit dem Beamten. Treppab. In den Keller. In eine Zelle mit einem Bett. Zum ‚Regenerieren'.

Mit Müh und Not streift unser Neuankömmling noch seine ausgelatschten Turnschuhe ab.

Im nächsten Moment liegt er schon. In seinen Trainingsklamotten. Bauch voran. Mit der Mütze auf dem Kopf. An seinen Füßen schmutzige und durchgescheuerte Tennissocken. Mit eingetrockneten Blutflecken an den Fersen und großen Zehen.

Die Trauben ... so lecker ...

Bis zum Nachmittag lässt man unsren Neuankömmling in Ruhe, lässt ihn schlafen, lässt ihn ‚hier' ankommen. Dann weckt man ihn, lässt ihn sich frisch machen. Katzenwäsche - im Waschraum.

Und wieder geht es in die Schreibstube. Zum Tisch mit dem Beamten. Mit der Tüte, in der sein Geld liegt.

Aber die Vernehmung verzögert sich wieder.

Diesmal ist unser Neuankömmling zwar wach, bleibt aber weiterhin teilnahmslos.

Wie soll er auch Fragen beantworten, wenn er Hunger hat? Das Bett heute Nacht war gut. Im gelobten Land liegt man sehr bequem. Aber jetzt braucht er auch was zu beißen. Dass man ihn hier nicht auf nimmer Wiedersehen in irgendeinem dunklen Loch verschwinden lässt - das hat er längst begriffen. Nicht hier, im gelobten Land! Und wenn man ihn schon verhaftet, mitnimmt und einsperrt, dann muss man auch für ihn sorgen. Schließlich will man ja was von ihm. Nicht umgekehrt. Erst was zu beißen! Dann wird er reden. Und hinterher kann man ihm gern das Fell über die Ohren ziehen, kann ihn gern mit einem Arschtritt aus dem gelobten Land befördern.

Ein Hungriger ist stur. Aber ein Hungriger, der weis, was ihm blüht, ist es doppelt.

Dass man als illegaler Einwanderer hier nicht so einfach wieder auf freien Fuß kommt - das kapiert jeder. Auch das kennt man, muss es so nehmen.

Für die Akten, die Rechte, die Werte.

Für die Werte im gelobten Land.

Der Vernehmungsbeamte, ein Meister der Zeit, versteht, unterbricht den Ablauf.

Also bringt man unsrem Neuankömmling zwei eingeschweißte Sandwiches, dazu abgestandenen Kaffee.

Da sitzt unser Neuankömmling. Die rote Mütze eisern auf dem Kopf. Er kaut - gierig, schnell und scheu. Seine Schläfen heben und senken beim Kauen die Ränder der Mütze. Er schluckt - gierig, schnell und misstrauisch.

Was drin ist, ist drin.

Die Gier nach Nahrung ist stärker als jede Angst.

Unser Neuankömmling schluckt den letzten Happen, schlürft den Kaffee leer. Noch ein verstecktes Bäuerchen. Dann hebt er den Blick, ist bereit.

So, es kann losgehen. Jetzt darf der Mann fragen, darf auf sein Stück Papier schreiben, was er will - von ihm aus jeden Mist. Er wird alles ausplaudern. Auch das mit dem Zettel und den Rosen. Wozu auch Mist erzählen? Glaubt ihm sowieso keiner.

Endlich kann die Vernehmung losgehen.

Der Beamte ist vorbereitet. Und speziell ausgebildet. Er kann mehrere Sprachen, sogar arabisch.

Dem Aussehen des Betreffenden nach, braucht es hier wahrscheinlich Französisch. Auch das kann der Beamte. Und wie lupenrein!

Qui est votre nom, s'il vous plaît, Monsieur?

Aber ...

RobertjesuisRobertetsusiunamideDidier ...

Der Beamte stutzt.

Unser Neuankömmling hat ihn offenbar verstanden. Aber ... der Beamte versteht das schlampige Französisch unseres Neuankömmlings nicht.

Da muss er Unterstützung anfordern. Dringend.

Hier braucht es die Experten der neuen Behörde für Migration.

Wieder wird die Vernehmung unterbrochen.

Unseren Neuankömmling stört das nicht.

Ob man ihm heute oder morgen, oder nächste Woche das Fell über die Ohren zieht - wenn's bis dahin nur regelmäßig was zu Beißen gibt. Und ein richtiges Bett. Und wenn er nicht so viel rumlaufen muss - mit seinen kaputten Füßen ... In der Zwischenzeit kann man noch etwas träumen.

Die Trauben ... so lecker ...

Identität ist eine komplexe Sache. Dazu braucht es erst eine Nummer. Denn ohne Nummer bist du niemand. Du hast keinen Namen, keine Herkunft, keine Sprache. Dich gibt es gar nicht. Dein Name? Unwichtig.

Ein Name ist nur Teil einer Nummer. Allein die Nummer liefert nützliche Daten.

Das ist deine Identität - nicht deine Sprache, deine Herkunft oder dein Name. Sondern deine Nummer. Und wird deine Nummer gelöscht, bist du nie gewesen.

Bis die Experten im Präsidium eintreffen, nutzt man die Zeit, macht Basisarbeit. Unser Neuankömmling wird digital erfasst und vermessen. Mit Fingerabdrücken, Größe und Fotos - ohne Mütze.

Eine Stunde später sitzt unser Neuankömmling wieder am Tisch. Diesmal mit den beiden Experten der neuen Behörde für Migration. Einem jungen Weißen und einem Alten mit afrikanischem Aussehen. Beide in Anzügen, umsichtig und gerüstet für alles.

Endlich steht der Kommunikation nichts mehr im Weg.

Im gelobten Land gibt es keine Umstände oder Probleme, mit denen man nicht fertig würde. Alles ist bestens vernetzt und geordnet. Und nichts wird einfach dem Zufall überlassen.

Scheißt hier jemand mitten auf die Straße, ruft man die Polizei. Die Polizei verhaftet den Scheißer, überstellt ihn an einen Nervenarzt und ruft die Müllabfuhr. Die Müllabfuhr entfernt den Scheißhaufen.

Und alles hat wieder seine Ordnung und Richtigkeit - als wäre nichts geschehen. Prima.

Die Vernehmung beginnt von Neuem.

Der junge Weiße stellt Fragen. Der Alte übersetzt.

Man hat klare Vorgaben, hat sein Schema, prüft.

Et votre nom de famille?

Familie? MonsieurjesuisRobertunamideDidier. Noussommesunefamille ... Jeicipourtravaile ...

Unser Neuankömmling erklärt sich, wird lebhaft.

Der junge Weiße notiert. Der Alte hakt nach.

Attendrez, Robert. Je vous demand sur votre famille chez-soi.

Famille chez-soi? Jenesaispasquevousvoulezmonsieur. JesuisRobert, seulement Robert. C'estmonnom ...

Unser Neuankömmling ist unruhig, schweift ständig ab, ringt um Worte, will erklären, wird gebremst.

Man hat seine klaren Abweisungen, hat seinen festen Fragenkatalog, prüft die Ansprüche.

Robert ... Robert, vous etês d'oū?

J'habitedansunhommetresriche. Ilauncostumedevilleblanc, maisiln'estpastressympathique. Monlitesttropduraussi, jenesuispascontentaveclachambre ...

Unser Neuankömmling ist aufgewühlt, fingert ruhelos an seiner Mütze, spricht ohne Punkt und Komma, ohne Anfang und Ende.

Langsam bekommen die Experten lange Gesichter, bekommen einen Eindruck, womit sie es zu tun haben.

Illegaler Einwanderer, irgendwo in der Gegend untergetaucht - mehr brauchbare Informationen sind hier nicht abzugreifen.

Robert, oū se trouve votre maison dans notre cité?

Jenesuispasmonsieur, maisDidiersaisoūnoushabitons, demandezDidier, ilestmonamiilvaisparleroūilslesrosesfaireentrer... Monsieur?

S'il vous plaît?

J'aidemandaitousleshommes,maisriendepersonnesais ... j'aidel'argent. Puis-jeacheterdesraisains? Desraisins.

Trauben? Welche Trauben? fragt der junge Weiße, erhält von dem Alten ein Schulterzucken.

Mais peut-etrevoussavezoūsetrouveDidier? Noussom-
mesdesamis.

Die Experten der Behörde für Migration seufzen leise.
Man hat klare Vorgaben, hat seine Verfahrensweisen.
Ausgeprüft.

~ ob Himmel, ob Hölle ... ~

Im gelobten Land ist für alles gesorgt. Jede Nummer
und jede Zahl an ihrem Platz. Auch im neuen Kontrollzentrum Süd-West, einer riesigen Unterkunft für Migration, in das man unsren Neuankömmling überstellt.
Noch am gleichen Nachmittag.

Auch im Kontrollzentrum gibt es Betten, Verpflegung,
Betreuung. Es gibt komfortable Waschräume, einen
großen Hof und im Bedarfsfall sogar neue Klamotten.
Für Hunderte, die hier warten. Einen Tag, eine Woche
... Auch hier regieren die Meister der Zeit.

Nur gibt keine Trauben, wie unser Neuankömmling
feststellen muss. Leider.

Dafür bekommt man ein paar neue Jeans, neue Schuhe,
eine neue Daunenjacke. Und neue Socken. Aber von
seiner Mütze trennt sich unser Neuankömmling nicht.

Unser Neuankömmling hat gehofft, dass er hier vielleicht ... *Didier* ... Aber sein alter Reisegefährte ist nicht
unter den Insassen, bzw. den vorübergehenden Bewohnern des neuen Kontrollzentrums für Migration.

Und unser Neuankömmling wartet.

Im gelobten Land ist alles so anders, ganz anders als
man vorher glaubt. Und alles so verdammt kompliziert
und streng. Da gibt es so viele Regeln, muss man auf so

viele Dinge achten. Wer soll das nur alles kapieren? Aber das hat sich ja alles schon erledigt.

Heute morgen war seine Anhörung, hat man ihm erklärt, was mit ihm passiert. Ausführlich.

Man hat seinen Fall genau geprüft.

Das gelobte Land hat keinen Platz für ihn, schickt ihn zurück in seine Heimat. Nach den Gesetzen des gelobten Landes gibt keinen Grund für ihn, dass er hierbleiben darf. In seiner Heimat ist kein Krieg. Und unerlaubt hierher - das geht sowieso nicht. Auf keinen Fall.

Unser Neuankömmling nimmt es mit Haltung - stumm, teilnahmslos und ohne sichtliche Regung.

Erst draußen, vorm Zimmer in dem die Anhörung stattgefunden hat, zieht er die Mütze komplett übers Gesicht, verhüllt seine zerbrochene Hoffnung. Wieder aufgerichtet - nach den neuen Klamotten, der guten Versorgung.

Also doch der Rauswurf aus dem gelobten Land ...

Was ist das nur für ein komisches Land! Erst hilft man ihm, dann lässt man ihn fallen. Wozu?!

Aber nein, keine Zeit für Bedauern, keine Zeit für Reue und Gejammer. Über die Ungerechtigkeit der Geburt und Herkunft, über nie erhaltene Chancen, über die Schliche des Zufalls. Man darf leben, und leben bleiben - wenn man darf. Irgendwo, irgendwie. Und nur am Leben und gesund zu sein, dazu etwas zu Essen haben - das ist schon das größte Glück, das man haben kann.

Mehr Glück gibt es gar nicht.

Im gelobten Land ist alles logisch und folgerichtig. Jeder Schritt und jede Handlung genau durchdacht.

Lässt man dich vorne nicht rein, dann kommst du gar nicht rein. Und schleichst du dich durch die Hintertür, fliegst du in hohem Bogen vorne wieder raus.

Am nächsten Morgen fährt ein Transporter des Zentrums für Migration im Frühlicht über die Autobahn.

Im Transporter sitzen drei Beamte, die Begleitmannschaft und drei ehemaligen Insassen des Kontrollzentrums Süd-West für Migration. Unter ihnen unser Neuankömmling. In seinen neuen Klamotten und Schuhen. In seiner Hosentasche die 8,57 Euro - sein Eigentum. Auf seinem Schoß eine Tüte mit seinen alten und gewaschenen Trainingsklamotten.

Schläfrig, wortlos und ergeben sehen die beiden andern Insassen aus den Fenstern, sehen ein letztes mal aufs gelobte Land.

Nur unser Neuankömmling hält seine Augen geschlossen, will nicht mehr sehen. Nur träumen.

Die Trauben ... so lecker .... Wenn er nur ...

Der Transporter erreicht den Flughafen, hält an.

Die Schiebetür wird aufgezogen. Aber diesmal langsam.

Ruhig und geordnet steigt man aus, betritt direkt das Rollfeld, auf der die Passagiermaschine schon bereitsteht. Nacheinander steigt man ein.

Erst die ehemaligen Insassen des neunen Zentrums für Migration, dann die Begleitbeamten.

Unser Neuankömmling, gleich in der Luft und auf der Rückreise, zieht beim Einstieg seine Mütze ab.

Endlich ist auch er angekommen. Im Arschtritt, mit dem er wortwörtlich aus dem gelobten Land fliegt.

Ob Himmel, ob Hölle, Glück oder Unglück, so oder so - am Ende steht die Freiheit, besiegt das Joch der Zeit.

Unser Neuankömmling seufzt. Mit seiner Tüte setzt er sich auf den zugewiesene Platz, schließt die Augen.

Keine Trauben! Und so nah dran ... fast. Fast.

10 kleine ILLEGALE

- Private Probleme -

Herr Otto Nuss soff nicht ständig. Nicht jeden Tag. Und nicht mal jede Woche.

Aber manchmal wurde es doch zu stark - zu schlimm mit dem Druck, mit den Zweifeln.

Dann musste Herr Nuss sich betäuben. Mit Schnaps.

Der versteckte Ekel vor sich selbst ist oft ausgeprägt und nicht so einfach zu ertragen. Wer trägt schon immer das Gesicht, dass er auch nach außen zeigt? Innen - außen. Je größer der Unterschied, umso tiefer der Riss in der eigenen Seele.

Und der Riss bei Herrn Nuss hieß Anspruch. Auf feine Klamotten, auf Geld, auf Status - auf alles, womit man äußerlich andere beeindrucken konnte.

An Herrn Nuss konnte man das gut beobachten. Sehr gut. An den Wochenenden. Immer wenn er in seinem Sportcabrio durch die Gegend raste. Den Arm mit der teuren Armbanduhr raushängen ließ - großkotzig, gefällig, gönnerhaft. Am Stammtisch, in den Bars und Kneipen der Stadt Freirunden schmiss. Wieder irgendeine Schickse abschleppte, mit der er sich keine drei Monate später doch verkrachte. Ach, nicht mal.

Ein geschiedener Mann von Mitte vierzig, der nicht mehr weis, wo er steht, ist schlimm. Aber ein geschiedener Mann von Mitte vierzig, der unbedingt ,oben' stehen will, noch viel schlimmer. Vor allem, wenn er Dinge verwechselt. (Oben? Oben, wo? Oder doch eher im Mittelpunkt? Von? - Und wofür?)

Nur im Alltag war Herr Nuss etwas vorsichtiger und hielt den Ball flach. Wusste, was er mit den Illegalen riskierte - wenn er morgens zum Treffpunkt kam, seinem Firmenbus zur Baustelle vorausfuhr.

Der Ablauf war immer der gleiche, der Treffpunkt fix. Die Stelle an der Brücke. Hinterm Rathaus. Dort, wo keine Sau hinkam, keine Sau Verdacht schöpfen konnte. Dort warteten die illegalen Afrikaner. Stumm und noch dösig. Am Brückenpfeiler. Morgens um fünf. Bis der Firmenbus ankam, sie zur Arbeit abholte. Beton kloppen. Zehn Stunden täglich. Für irgendeine Abrissfirma. Bezahlung bar. Täglich. Nach Feierabend.

Man wusste ja nie ... auf beiden Seiten ...

Den Firmenbus fuhr Yasin Brahimi - Mitarbeiter, Handlanger, Helfershelfer von Herrn Nuss. Knatschte ständig Kaugummi. Fuhr den Bus rund um die Uhr. Fuhr damit abends nach hause. In die Wohnsiedlung. Kam damit morgens wieder zum Treffpunkt, lud dort die Illegalen ein und wartete. Auf das Sportcabrio, das kurz darauf auftauchte, am Bus vorbeischlich, Lichtzeichen gab.

Dann ging's los. Durchs grelle Frühlicht. Zur Baustelle. Mit dem Firmenbus voller Illegaler - Billigkräfte.

Manchmal klappte das Ganze aber auch nicht, kamen die Abläufe morgens durcheinander. Man wartete am Treffpunkt. Fünf Minuten, zehn Minuten ... Es wurde viertel nach fünf.

46

Aber Herr Nuss kam nicht. Kam nicht.

Verpennt. Besoffen.

Passierte einmal im Monat.

Der Druck, der Ekel, die Zweifel und der Schnaps ...

Und Brahimi, der bescheid wusste, rief seinen Chef erst gar nicht mehr an. Wurde eh nicht wach. Nie. Stattdessen warf Brahimi die ganze Bande kurzerhand wieder aus dem Firmenbus und gab Order:

Dableiben, okay? Ihr bleibt hier ... äh ... You here. I come back to you in ... Here ... , zeigte Brahimi auf seine Armbanduhr, den großen Zeiger, machte sich mühsam verständlich. Bevor er direkt zur Firma raste. Mit knatschendem Kaugummi. Aus der Stadt in den verschlafenen Vorort. Direkt in den Hof rumpelte. Neben das Wohnhaus, in dem Herr Nuss wohnte, noch besoffen im Bett lag.

Brahimi klingelte Sturm - klingelte, klingelte.

Bis Herr Nuss die Haustür aufriss und ...

Ja, ja, Yasmin, ich weis. Mach hier keinen Wind, ja! Fahr zurück. Ich komm gleich. Tschüss!

Stand dabei in verpissten Unterhosen, verwüstet und mit Speckbauch, hatte noch Standgas, winkte seinen Angestellten fort. Brahimi, längst einen Schritt auf Abstand, hob vor seinem Chef unschuldig die Arme, zog eine verdutzte Grimasse. Selbst das knatschende Kaugummi setzte kurz aus.

Alles in einem Moment. Bevor Herr Nuss die Haustür vor Brahimi schon wieder zuwarf.

Und Brahimi, der wusste, drehte sich langsam ab, aber behielt die Haustür noch im Auge - misstrauisch, vorbereitet, wartete und knatschte nur bedächtig. Irrte sich auch diesmal nicht. Als die Haustür im nächsten Moment noch einmal ...

Diesmal langsam. Dahinter Herr Nuss, der …

Brahimi …

Stand jetzt mit zugekniffenen Augen, mit kläglichem Gesicht, hielt sich am Türrahmen, sah dabei aus als suchte er Trost.

Vor Reue.

Aber Brahimi, der mittlerweile wusste, zeigte keine Überraschung, kein Entgegenkommen. Hielt die Hände in den Taschen vom blauen Overall, drehte sich nur zur Tür, blieb gleichgültig:

Herr Nuss? Alles in Ordnung?

Sofort riss Herr Nuss die Augen auf, blitzte Brahimi fassungslos an, bekam Körperspannung.

Herr? Wo? Wer? Ich bin kein Herr. Merk dir das.

Okay, erwiderte Brahimi gefasst, kannte das alles bestens, wusste genau, was gleich noch kommen würde. Herr Nuss und seine zähe Selbstanklage und sein Betteln an der eigenen Haustür. Wie immer, wenn Brahimi ihn morgens raus klingelte, er noch Standgas hatte.

Ich bin kein Herr, ich bin nur ein Dummkopf. Sag mir, dass ich ein Dummkopf bin. Los, sag's mir!

Na, wie Se meinen, Herr Nuss. Sie sind ein Dummkopf, bestätigte Brahimi gleichgültig, bestätigte, was Herr Nuss hören wollte. Sonst gab sein Chef keine Ruhe.

Danke!

Und die Haustür ging zum zweiten mal zu. Jetzt ruhig und sorgsam. Dahinter ein tief befriedigter Herr Nuss, der daraufhin sofort in die Puschen kam. Tief befriedigt von der überzeugenden Antwort. Während Brahimi nur die Achseln zuckte, wieder unbeirrt sein Kaugummi knatschte, in den Firmenbus stieg und zurück in die Stadt brauste. Zum Treffpunkt und den Illegalen, die noch immer warteten, am Brückenpfeiler lungerten.

Notgedrungen. Nach dem Steine kloppen, dem miesen Knochenjob lechzten. Zwangsweise.

Steine kloppen - Wände, Mauern, Balken einreißen, Scheißhäuser, Treppen, Geländer abreißen.

Ranklotzen - Für ein paar Kröten, die hinten und vorne nicht langen. Mit dem Vorschlaghammer. Der Wucht von Stahl, das auf Stein prallt. Durch den Holzstiel bis in Kochen und Gelenke vibriert.

Kaputtgehen - für ein paar Kröten, die hinten und vorne nicht langen. Hinten - bis nächste Woche. Vorne - bis zum nächsten Rauswurf.

Wer will? Wer muss? Wer muss, der will! Auch ohne Vertrag.

Verträge? Mit wem? Mit Illegalen?

- Steine kloppen -

Diese Woche hier, nächste Woche dort. Hier eine alte Turnhalle, dort ein baufälliges Häuschen. -

Die Abrissfirma Nuss war gefragt in der ganzen Region. Und brummte dabei wie nie.

Brahimi dirigierte die Geräte und Belegschaft, besorgte das Grobe. Herr Nuss inzwischen die Bücher und Aufträge - den ganzen ‚lästigen Scheiß'.

‚Lästig, aber unerlässlich'.

Und trotzdem ‚Scheiß'. ‚Denn Scheiß bleibt Scheiß'.

So brauste Herr Nuss von der Baustelle wieder in die Firma. Frisierte dort die Bilanzen, telefonierte mit Bauunternehmen, hantierte am Tresor. Hockte sich nachmittags in sein Stammcafé, spielte dort den wohlhabenden Mann von Welt - für die eigene Reputation, das eigene

Image. Und brauste abends zurück zur Baustelle.

Den Illegalen ihre Löhne (Hungerlöhne) auszahlen - das war so eine Sache für Herrn Nuss.

Dass man zahlen, überhaupt etwas auszahlen musste! ... Als wenn Geräte und Material nicht schon ... und dann die Steuern ... die Fixkosten für jeden Illegalen ... ob man mit dem Kerl auf seine Kosten kam oder nicht!

Herr Nuss konnte ohne mit der Wimper zu zucken in einer Nacht 1000 Euro verprassen. Konnte auf der Rennbahn das ganze Monatsgehalt eines Facharbeiters aufs Pferd oder den Hund kommen lassen. Konnte privat so großzügig sein, dass es den Empfängern seiner Großzügigkeit schon unangenehm war. Aber legale Arbeiter anstellen und ordentliche Löhne zahlen ...

- Nein! Da lass ich mich lieber einsargen.

Wie hätte Herr Nuss auch sonst so spendabel sein können? Gegen die, denen er gefallen wollte? Gegen die, auf dessen Meinung er Wert legte? (Und die ihn dafür insgeheim umso mehr verachteten.)

Gut dastehen - das war schon was.

Vor allem bei dem Stress und den Problemen, die es immer wieder gab - und den Unfällen.

Wenn Brahimi bei seinem Chef anrief, wusste Herr Nuss schon genau, was im Busch war.

Und Herr Nuss raunte, hob abfällig die Augenbraue, spielte den Unbeteiligten, wischte unsichtbare Stäubchen von seiner Krawatte, ließ es klingeln, klingeln, klingeln ... bis er völlig entspannt und herablassend, ganz Herr der Lage ...

Was is? Wieder einer 's Bein gebrochen, ja?!

In der Firma von Herrn Nuss ging allerhand in die Brüche - Knochen, Würde, Hoffnungen ...

- Lauter so unbiegsamer Krempel.

Ach was, voll rein mit der Abrissbirne! Zerbrechen! Immer drauf mit dem Vorschlaghammer! Brechen! Und durchbrechen! In den Reichtum, die Sorglosigkeit ... die eigene Freiheit von Verpflichtungen, die (erkaufte) Bewunderung der Mitmenschen.

Sicher, wo gehobelt wird, fallen Späne. Und wo gekloppt wird, zerbrechen nun mal Dinge.

Das war klar. Aber nicht das, was Herrn Nuss so störte. Sondern natürlich! die Kosten. Die zusätzlichen und unnötigen Kosten.

Immer wieder kam es am Bau zu Unfällen. Durch Nachlässigkeit, Unwissen, mangelhafte Sicherheit. Mauern stürzten ein, Pfosten fielen um, Hämmer glitten ab - zertrümmerten Füße, Beine, Hände. Nicht mal die Hälfte der illegal Beschäftigten trug Sicherheitsschuhe oder Helme, hatte wirklich Ahnung vom Material und dem was sie da taten.

Die Einweisung durch Brahimi war einfach: Hier, der Hammer. Dort kloppen.

Und man kloppte - koppte drauflos - kloppte die Stunden um - kloppte sich einen ab - kloppte die eigene Ausdauer klein - kloppte heute, morgen, übermorgen ... bis man ...

Manchmal passierte jede Woche irgendein Unfall, kam jede Woche der befürchtete Anruf von Brahimi. Und natürlich! immer unvorbereitet. Immer wenn man gerade ... oder auch nicht ... Ausgerechnet!

Dann kam Herr Nuss wie ein geölter Blitz zur Baustelle gerast, wurde von Brahimi schon am Firmenbus abgefangen und aufgeklärt. Während der Verletzte bereits auf Versorgung wartete, auf die Zähne biss. Saß oder lag alleine im Bus. Und wartete.

Hatte ein nasses Tuch auf der zertrümmerten Hand oder den gebrochenen Arm auf dem Bauch. Wartete weiter.

Und draußen standen Herr Nuss und Brahimi inzwischen zusammen, wurde die Schuldfrage gewälzt. Zuckte Brahimi nur die Achseln, knatschte verhalten.

- Nur die Ruhe, nur die Ruhe. Alles Routine.

Verschränkte Herr Nuss die Arme, plusterte sich auf, hob wieder die Augenbraue, gab Brahimi gleichzeitig 500 Euro und 50 Euro extra:

Verdammt, wie oft soll das eigentlich noch passieren, Jasmin? Hm? Hier! Alles unsre Kohlen. Genauso gut kannst du sie verbrennen. Mit deiner Hilfe wird der Kerl noch reich. Pass endlich besser auf. Ich bleib, bis du wieder da bist. Und jetzt ab.

Und Brahimi, ungerührt wie ein Stein, kassierte den Anschiss, steckte die Kohlen ein, murmelte als Antwort irgendeinen Stuss und stieg in den Bus. Ungerührt. Knatschte weiter sein Kaugummi. Ungerührt. Und fuhr los. Brachte den Verletzten zum Perser - Dr. Masudi. Kurpfuscher, Schwätzer, Stümper. Immer verschwitzt.

Die Praxis lag in einem Mehrfamilienhaus mit Hinterhof. Zweiter Stock. Besaß eine Hintertür. Perfekt, dass niemand groß mitbekam, was dort ein- und ausging. Und es ging dort einiges - durch die Hintertür.

Bis Brahimi mit dem Verletzten zur Praxis kam, wusste Dr. Masudi längst bescheid. Ein Anruf von ‚diesem Nuss', das hieß für ihn 500 Euro mehr. Festpreis.

Eine zerquetschte Hand? Brachte 500 Euro. Ein gebrochener Fuß? Brachte 500 Euro. Ein Geschäft mit ‚diesem Nuss' - das brachte jedes mal 500 Euro. In Bar. Nur.

Ja, dafür ging schon was. Konnte man seinen Patienten, der gerade in Behandlung war, schon mal schneller abfertigen. Konnten die übrigen Kassenpatienten draußen ruhig noch ein Weilchen hocken.

Notfall war Notfall. Da musste sofort geholfen werden. Da stänkerte auch kein anderer Patient.

Manchmal musste Brahimi den Verletzten auch helfen, musste zupacken und sie rauf schleppen.

Los, vorwärts!

Alles, damit es schneller ging. Der Perser den Verletzten schneller verarzten, man den Verletzten schneller loswerden, wieder zur Baustelle zurückkonnte.

Hatte er denn Zeit zum Rumtrödeln und zugucken, wie so ein Typ ewig durchs Treppenhaus humpelte? Hatte ja noch mehr zu tun.

Also rauf und rein mit dem Typ. Durch die Hintertür, die ihnen der Doktor aufhielt. Service. Und gleich ins Behandlungszimmer.

Ja, dorthin, direkt auf die Liege.

Sooo. Ganz vorsichtig.

Der Doktor machte sich sofort an die Arbeit, spritzte und schwitzte, betäubte und schwitzte, schnitt Hosenbeine auf und schwitzte, zog fremde Schuhe aus und schwitzte. Mit Schweißflecken unter den Achseln seines Arztkittels so groß wie Teiche.

Sooo. Ganz vorsichtig.

Der Verletzte, beruhigt durchs ärztliche Flair, biss die Zähne zusammen, machte keinen Mucks, hielt still - wie ein gestreicheltes Huhn, bevor es auf den Hackklotz kommt.

Brahimi lehnte die ganze Zeit an der Wand, knatschte, befingerte die alten Nierenschalen, sah zu - sah, wie der Doktor gipste und schwitzte, schiente und schwitzte.

Sooo. Ganz vorsichtig.

Sah zu, wie der Doktor richtete und ... pfuschte. (Was

Brahimi nicht sah und nicht kümmerte. Nur, dass er langsam ungeduldig und unruhig wurde.)

Das dauerte und dauerte ... jedes mal ...

Und Brahimi knatschte lauter, schlug die rote Liste auf, schlug sie zu, sah zur Decke.

Das dauerte und dauerte immer länger. Wie lange ...!

Brahimi schnaufte, sah wieder vom Verletzten zum Doktor, unterbrach plötzlich sein Knatschen, grinste:

Na, Doktor, klappt's?

Aber sicher. Kriegen wir schon, zwinkerte der Doktor. Brahimi lachte.

Der Perser war ja so ein Bastard. Machte extra lange rum, damit er seine 500 Eier rechtfertigen konnte. Hatte seine Erlaubnis als Arzt garantiert auf irgendeinem Misthaufen gefunden.

500 Eier! Für das bisschen Gefummel. Nicht zu fassen. Dafür musste er eine Wochen den Aufseher und das Kindermädchen für diese Typen spielen, die von Tuten und Blasen keine Ahnung hatten - Werkzeug verschandelten, in einer Tour Scheiße bauten ...

Brahimi lachte - lachte den Doktor an, der zurück lachte, weiterhin schwitzte, weiter an seinen 500 Euro in bar hantierte - weiter für seine 500 Euro schwitzte.

Nur der Verletzte schwieg, lag mucksmäuschenstill, glotzte mit glasigen Augen zur Decke, glotzte traurig ins Leere, schloss beschämt die Augen.

Noch immer stand Brahimi und wartete, knatschte sein Kaugummi. Aber jetzt amüsiert. Bis der Doktor endlich ...

Sooo. Ganz vorsichtig.

Fertig, ja?

Fertig, bestätigte der Doktor, ließ den Verletzten aufstehen, wusch sich die Hände, wischte sich noch einmal den Schweiß ab. Und kassierte für seine Pfuscherei seine 500 Euro. Mit seinen Schweißflecken unter den Achseln so groß wie Teiche.

Hinterher fuhr Brahimi mit dem frisch Behandelten direkt zum bekannten Treffpunkt. Der Stelle am Brückenpfeiler. Hinterm Rathaus.

Dort lud und fertigte Brahimi den Verletzten ab. Mit den extra 50 Euro. Drückte sie ihm in die noch heile Hand. Dann ab mit dem Typ, der nichts mehr brachte.

Und der verletzte Illegale, rechtlos, geprellt, machte überhaupt keine Zicken. War von seinem Unfall nur plötzlich völlig ernüchtert. Nahm tonlos seine Abfindung, steckte sie ein, stieg aus. Humpelte, schlurfte oder ging einfach davon. Auf Nimmerwiedersehen. In die Reihe rechtloser, geprellter Männer, die kein Gesetz schütz, da es nichts von ihnen weis.

- Raus aus dem Untergrund -

Alles war in Ordnung. Und weiter - ging das Steine klopfen. Für die Illegalen. Drehte sich die Knochenmühle in der Abrissfirma von Herrn Nuss. Für die zehn Illegalen, die Herr Nuss beschäftigte.

Immer weiter. Unermüdlich.

Für zehn Mann, neun Mann, acht Mann, sieben, sechs ... noch fünf ... Nach ein paar Wochen.

Vier, die im Höchstfall den Abriss bis zum Ende durchstanden. Geschunden, aber unversehrt.

Und doch wieder entlassen wurden. Während Herr Nuss schon den nächsten Auftrag, nächsten Abriss vorbereitete.

Dafür eine komplett neue Truppe anheuerte.

Wieder zehn Mann, die bald neun, acht, sieben ...

Der Nachschub an Illegalen, weiterhin rechtlos und geprellt, war unerschöpflich.

Man kam und man malochte. In gutem Glauben.

Denn mal wollte, brauchte richtige Arbeit. Dringend. Musste, konnte im Untergrund, als Illegaler nicht mehr länger leben. Musste raus aus dem Untergrund, dem Würgegriff seiner Peiniger und Erpresser. Musste sein Schicksal ändern oder verrecken.

Ein Ende mit Schrecken ist besser als ein Schrecken ohne Ende. Auf diesen Trichter kommt jeder - wenn der Schrecken nur lange genug anhält.

Sich melden, ausliefern ist besser, als endlos zu leiden. Endlos mit zehn Landsleuten zu hausen. Endlos mit fremdem Gestank, fremden Tränen, fremder Angst und fremdem Elend. Endlos in einem schäbigen Zimmer zu vegetieren. Endlos mit irgendeinem zwielichtigen Vermieter, meist einem Landsmann, der dich erpresst. Dich zu erbärmlichen Jobs zwingt. Dich abhängig macht. Dir dein Geld und Leben stiehlt. Dich in der Hand hat. Nach Belieben zudrückt, damit du spurst.

Illegal sein, das heißt nicht vorhanden, heißt Freiwild, heißt ausgeliefert sein. Illegal sein, das heißt, man kann umkommen und niemand erfährt davon. Illegal sein, das heißt hilflos sein - wahrhaftig hilflos.

Dann lieber …

Denn schlimmer kann es nicht werden!

Man musste sich stellen, sich melden. Musste melden, dass man hier lebte, vorhanden war. Und musste sich der Gnade ausliefern. Den Horror riskieren, dass man der Polizei übergeben, abgeschoben wurde.

Kurz, man musste aufs Asylamt.

Und dort, auf dem Asylamt hockte Hofmeister. Seit Jahren. Pünktlich. Zuverlässig. Unbescholten.

Und plötzlich …

Und plötzlich nutzte Hofmeister seine Stellung für ganz eigene Zwecke. Hatte die Schnauze voll von seinem undankbaren Job. Vom ständigen Ärger mit rotzfrechen Asylanten, seinem mickrigen Gehalt.

Wen kümmerte denn, was für einen Stress er seit Jahren hatte? Wen kümmerte, ob er verreckte oder nicht? Das kratzte keine Sau! Was hatte er denn von seiner Treue und Ehrlichkeit? Von seinem Pflichtgefühl?

Nichts! Gar nichts! Bekam nicht mal ein gutes Wort. Während andere fürs Nichtstun doppelte Gehälter und Personen absahnten - nur weil sie Ex-Bürgermeister oder Landtagsabgeordnete … besondere Verdienste hatten? WELCHE besonderen Verdienste hatten diese Damen und Herren denn bitte? WELCHE? Und er? War seine Arbeit denn weniger wert? Nein, nein, nein!

Jetzt war endgültig Schluss mit der falschen Bescheidenheit. Jetzt galt es! Jetzt hieß es selber abgreifen!

Und plötzlich betrog Hofmeister - der brave, zuverlässige Hofmeister. Ließ plötzlich jeden zweiten Asylantrag kurzerhand verschwinden. Hunderte.

Wohncontainer für Flüchtlinge hatte die Stadt mittlerweile mehr als genug aufgestellt. Vorsorglich. Und wer dort im Einzelnen wohnte - das ließ sich mühelos verschleiern, blickte von der Stadtführung sowieso niemand. Und kümmerte ‚oben' auch nicht wirklich.

Die Herrschaften waren ja froh, wenn sie solche unerfreulichen Angelegenheiten …

Sie machen das schon, Hofmeister, hieß es.

Und Hofmeister, erst angefressen, witterte schließlich Morgenluft, sah seine Stunde gekommen.

Dafür genoss er in seiner Abteilung ja unumschränktes Vertrauen. Genau dafür!

Machen? Sicher, ich mache! dachte Hofmeister und ging zu Werk. Stellte den Illegalen leere Wohncontainer zur Verfügung. Nahm die unterschlagenen Anträge mit und vermittelte die scheinbaren Asylbewerber an Kleinunternehmer aus der Gegend. Wie Herrn Nuss.

Für 100 Euro pro Person und Woche.

Kein Einzelfall.

Die Aufträge von Privatpersonen und Kommunen an Kleinunternehmer in der Region stiegen sprungartig an. Im Gebäude- und Straßenbau, im Transportgewerbe, im Sektor der Verarbeitung.

Das Prinzip war das gleiche wie beim Leasing von Arbeitskräften. Nur gab es keine Verträge, keine Versicherungen, keine Steuern und Tarife mehr, sparte man mit den Illegalen sämtliche Kosten.

Und einige Kleinunternehmern schwamm plötzlich im Geld. Mit Hilfe von einzelnen Lokalbeamten, die viel und schnelles Geld witterten.

Andere Firmen, die den Gesetzen folgten, ihre Arbeiter nach Tarif bezahlten, hatten das Nachsehen.

Die Preise der Anbieter fielen ins Bodenlose. Jetzt kostete ein ungelernter Arbeiter nicht mehr 25 Euro die Stunde, sondern ganze 5 Euro - sein Stundenlohn.

Die Reingewinne waren enorm. Jeder Illegalen brachte an einem einzigen Tag 100 Euro.

Minimum.

Schwarzarbeiter aus Rumänien oder Bulgarien waren gut, arbeiten für wenig - für sehr wenig. Und wie die Bekloppten. Aber auch sie arbeiteten nicht für n Appel und n Ei. Diese Illegalen aus Afrika schon.

Und dazu nicht schlechter.

Die Illegalen, plötzlich in einem Container der Stadt, mit eigenem Obdach, waren mehr als dankbar.

Endlich waren sie raus aus dem Untergrund, dem Würgegriff ihrer Erpresser. Waren frei.

Dafür tat man alles, nahm jede Arbeit an. Besonders, wenn man sie noch angeboten bekam. Quasi auf dem Silbertablett. Wie von Herrn Nuss und anderen.

Ehrliche Arbeit, ohne dass man erst danach suchen musste! Legal sein - das war großartig. Der steinige, aber gerade Weg zu einem besseren Leben. Der Griff nach der großen Sehnsucht von Unabhängigkeit und Selbstbestimmung. Der Weg, der endlich zu einem soliden Leben, vielleicht sogar zu Milch und Honig führte.

Und man nahm die Arbeit an. Jede Arbeit. Man kam und malochte. Willig. In gutem Glauben.

Einen Tag, zwei Tage … Spätestens am dritten Tag roch der Erste aber Lunte. War nicht mehr willig und in gutem Glauben.

Die Arbeit stank, die Bezahlung noch mehr.

Die Reaktion des Einzelnen über den entdeckten Schwindel, den Gestank in der Abrissfirma Nuss war unterschiedlich. Manche beschwerten sich, flogen sofort raus. (Statt eine Woche später, nach beendetem Auftrag.) Einige hielten das Maul, kamen einfach nicht mehr zum Treffpunkt. Bis andere den Gestank ebenfalls rochen, auch nicht mehr kamen.

Dafür kamen Neue. Willig. In gutem Glauben. An die große Sehnsucht von Unabhängigkeit und Selbstbestimmung. Nach Monaten und Jahren der Abhängigkeit, als Illegale im Untergrund.

Herr Nuss und andere Kleinunternehmer sahen keinen Grund für eine unrechte Behandlung der Illegalen, die sie beschäftigten. Im Gegenteil.

5 Euro Lohn die Stunde? Damit waren diese Leute doch gut bedient. Was bekamen sie denn dort, woher

sie kamen? Und außerdem waren sie weg von der Straße. Lagen dem Staat nicht auf der Tasche. Taten sogar noch etwas Sinnvolles ...

Alles war in Ordnung.

Und weiter - ging das Steine kloppen. Für die Illegalen. Drehte sich die Knochenmühle in der Abrissfirma von Herrn Nuss.

Wenn nur nicht der Druck und die Zweifel ... der versteckte Ekel ... der eigene Anspruch ... der Unterschied und Riss. Zwischen innen und außen. Der Unterschied und Riss in der eigenen Seele, den man selbst nicht verstand. Der Riss, der Betäubung, der Riss, der Beruhigung verlangte.

Wie köstlich war die Vorstellung von Status und Ansehen. Dass man ein Herr und König war, geachtet wurde. Und wie furchtbar das Gefühl der eigenen Nichtigkeit. Dass man nur ein Depp und Wurm war, missachtet wurde.

Teilhabe am Wohlstand ist der Motor einer ganzen Gesellschaft. Und Wohlstand selbst ein großer Fluch und ein kleiner Segen. Ein großer Fluch, der ausgrenzt, und ein kleiner Segen, der antreibt. Ein großer Fluch für die Besitzlosen und Gierigen. Ein kleiner Segen für die Bescheidenen und Anspruchslosen.

Und nur die eigene Erfahrung und dein Einblick in die Wirklichkeit zeigen dir den Unterschied - mit der Zeit und wenn du Glück hast!

Bis dahin jagst du nur ein Trugbild im Spiegel. Bis dahin wirst du hundert mal betrogen. Bis dahin betrügst du dich hundert mal selbst.

Davon ist niemand ausgenommen. Niemand.

- *Ein bisschen Stress* -

Was is? Wieder einer 's Bein gebrochen, ja?!
Nein.
Herr Nuss, der auf dem Klo hockte, wartete. Drei, vier
Sekunden. Hob wieder die Augenbraue, wartete herab-
lassend. Auf die Erklärung, die noch immer nicht kam.
   Jasmin! Bekam mal wieder nicht das Maul auf. Bekam
nie richtig das Maul auf, der Kerl.
Herr Nuss schnaufte:
   Und das heißt? Ich höre?
   Ich hab hier 'n Problem.
   Ein Problem?
Herr Nuss stutzte, spürte endlich das tödliche Zögern.
Wurde kalt erwischt. Und kam schlagartig runter von
seinem hohen Ross. Kniff zusammen, kämpfte jetzt
gegen das Eigenleben seiner Därme. Brauchte einen
klaren, ungestörten Moment. Wurde eindringlich:
   Jetzt hör mir genau zu, Mark: Verlier' jetzt bloß nicht
die Nerven. Okay? Hast du mich gehört?
Herr Nuss schluckte ...
   Yasin?
... schluckte ...
   Verlier gar nix, erwiderte Brahimi. Klang wie immer.
... und schluckte endlich den verhängnisvollen Klos.
Saß dabei auf der Klobrille wie auf dem Schleudersitz.
Stocksteif und angespannt wie direkt vorm Abschuss.
Nur sein Unterleib zitterte, krampfte die ganze Zeit
eigensinnig. Gegen den letzten Drücker, der quengelte,
aber jetzt warten musste. Warten, bis er ...
   Du wartest auf mich, Yasin. Ja? säuselte Herr Nuss
zärtlich. Fast schon unterwürfig. Ich komme gleich, ja?
   Ich warte, Herr Nuss.

Danke.

Herr Nuss legte auf.

Verdammte Scheiße!

Und während Herr Nuss tief Luft holte, protzte er ab. Haltlos. Mit voller Wucht. Aber ohne Erleichterung. Nur erbärmlich. In reiner Angst. Fasste sich verstört an die Stirn, rieb sich das Kinn. Hatte geprotzt, aber hockte noch immer. Zögerte, trödelte absichtlich, obwohl die Zeit drängte. Wurde zum Waschlappen. Erbärmlich. Wollte sich gar nicht den Hintern wischen. Wollte gar nicht aufstehen. Wollte gar nicht ... wollte sich nur drücken.

Was hatte er eigentlich damit zu tun? Und warum? Wieso musste er für die Dummheit anderer ... Oh, nein! Das hatte er nicht verdient. Das nicht!

Dummkopf! Verdammter Dummkopf! Da war es wieder! Am Ende war man immer der Dummkopf! Bei allem.

Nur widerwillig kam Herr Nuss in die Gänge. Hatte längst seine Arroganz verloren. Vollkommen. Da war bei Herrn Nuss nichts bei ihm mit Gas geben. Nichts mehr mit ‚den Großen' spielen. Nichts mehr mit der Pose. Diesmal nicht.

Plötzlich war Herr Nuss geschrumpft, war nur noch klein - klitzeklein. Erbärmlich. Tuckerte in seinem Cabrio dahin wie eine Schnecke. Erbärmlich. Wünschte sich in irgendein sicheres Versteck. In irgendein Mauseloch. Weit weg vom Horror, der ihn auf der Baustelle erwartete.

Und er starb auf der Fahrt. Erbärmlich. Fünf, zehn, hundert mal - den Tod der Feiglinge.

Seit Anfang der Woche hatte Firma Nuss einen neuen Auftrag - vom Bauamt der Stadt. Riss den ehemaligen Busbahnhof Nord ab.

Bis zur neuen Baustelle brauchte Herr Nuss in seinem Wagen normalerweise zwanzig Minuten - selbst bei dichtem Verkehr. Heute brauchte er eine halbe Stunde.

Schlich vorbei am Bauzaun seiner Firma, sah sofort seinen Firmenbus. Dort stand Brahimi mit den Illegalen - schmutzig vom Abriss, verunsichert vom Unglück.

Man wartete, lungerte rum. In düsterem Schweigen. Vermied den Blick zum Sportcabrio, das endlich ankam.

Der Staub hatte sich längst gelegt. Die Grundmauern vom alten Busbahnhof Nord waren schon halb runter. Aber die Arbeit im Moment unterbrochen.

Herr Nuss riss sich zusammen, begriff die Situation.

Jetzt gab es kein Zurück mehr. Ging es um den eigenen Hals, hieß es die Zähne, hieß es Überlegenheit zeigen - angreifen oder untergehen.

Herr Nuss parkte, stieg aus, ignorierte die Illegalen und ging direkt zu Brahimi, plusterte sich sofort auf:

Was is los? Warum arbeiten die Leute nicht weiter?

Brahimi, schmutzig und mit eingestaubtem Gesicht, stand ruhig. Eine Hand in den Taschen seines Overalls, verwies er auf den offenen Bus, schob sein Kaugummi beiseite und berichtete:

Hat eine Außenwand abgeschlagen. Hat nicht aufgepasst und die Decke abbekommen.

Herr Nuss trat an den Bus, sah kurz auf die Rückbank, auf die schmutzige Wolldecke, unter der ... Der Mann war tot. Aber Herr Nuss fasste die Decke nicht an, prüfte nicht nach. Schüttelte nur den Kopf, zog die Schiebetür zu. Nahm wieder Brahimi aufs Korn. Diesmal vorwurfsvoll:

Nicht aufgepasst, so? Das ist natürlich tragisch, aber wohl nicht mehr zu ändern. Da werden wir wohl jemanden anrufen müssen, nicht wahr? redete er laut und energisch, damit die Illegalen seinen entschlossenen Auftritt richtig mitbekamen. Die lehnten weiter am Bauzaun oder hockten auf den Fußplatten. Mit eingestaubten und düsteren Gesichtern. Rührten sich nicht von der Stelle. Warteten nur ab, beobachteten verstohlen, was jetzt passieren würde. Nach dem Unglück. Was der reiche Fettsack im Anzug jetzt tun würde.

Und der reiche Fettsack im Anzug war wütend, stauchte den Langen zusammen. Aber er war gleichzeitig beherrscht, stand mit verschränkten Armen vor dem Bus, griff dann zu seinem Smartphone.

… werde ich das mal ausbügeln, tönte Herr Nuss, erstach Brahimi dabei mit einem durchdringenden Blick. Und bring die Leute endlich wieder auf Trab.

Einen Moment betrachtete Brahimi seinen Chef misstrauisch. Wie morgens, wenn er wusste, das die Haustür … Dann lächelte er, knatschte wieder los:

Okay.

Brahimi wendete sich ab. Zu den Illegalen. Klatschte in die Hände, blökte, machte Wind.

Schleppend folgte man seiner Aufforderung, stand auf, überließ man das Unglück dem reichen Fettsack im Anzug, griff wieder zum Material.

Inzwischen hatte Herr Nuss schon das Smartphone am Ohr, redete.

Dabei telefonierte er gar nicht, tat nur so. Aber täuschte damit die Anwesenden, gewann Zeit. Tat sachverständig, dabei ging ihm der Arsch voll auf Grundeis. Während sein Hirn längst ratterte, nach dem rettenden Strohhalm suchte.

Eine Leiche! Wen sollte, wen konnte er deswegen denn anrufen? Wem sollte, konnte er da was erklären? Und wem sollte, konnte er die Sache andrehen? Jetzt, auf die Schnelle. Und mit welcher gottverdammten Begründung? Einen finden, der einem die Kastanien aus dem Feuer holt ... Einen, der ... Aber wer? Wer? Es konnte nur ..!

- Bedingungen -

Ja?

Ja, hallo, Sigi, grüß dich, flötete Herr Nuss, begann im Kreis zu schlendern. Vorm Bus. Das Smartphone am Ohr. Flötete sachverständig, flötete runter:

Du, hör mal. Es tut mir furchtbar leid, dass ich dich behelligen muss. Aber ich habe hier im Moment bei mir ein bisschen Stress.

So? Wer hat den nicht, Otto?

Sicher, Sigi, sicher. Aber nicht jeder braucht dafür die Hilfe eines andern. Nur brauche ich hier deine Hilfe. Das ist leider unerlässlich.

Hm, du meist es geht nicht ohne mich?

Nein, leider nicht. Dazu ist der Druck leider zu groß, erklärte Herr Nuss, schlenderte weiter, zog vorm Bus seine Kreise. Ich sage nur, lass mich ja nicht im Stich. Es geht bei der Sache rein um Geschäftliches zwischen uns beiden.

Moment ...

Sigi? Hallo?

Herr Nuss schlenderte, kreiste, sah beiläufig zu seinem Bus, geriet sachte ins Schwitzen. Senkte wieder den Blick halb zu Boden, konzentrierte sich.

Ja, jetzt. Ich höre.

Bist du allein?

Ja, doch!

Nun, ja, Siri ... Bei mir hier im Betrieb hat es heute Mittag bedauerlicherweise einen Arbeitsunfall gegeben.

Bedauerlicherweise?

Ja, einer meiner Arbeiter ist vorhin verunglückt. Tödlich. Im Moment liegt er noch in meinem Firmenbus. Jetzt frage ich mich natürlich, wie ich diese Verkettung unglücklicher Umstände wieder ins Reine bringen kann? Ich schätze, du verstehst die Beweggründe, weshalb ich da ausgerechnet dich anrufe und darüber informiere?

Und alle haben es mitbekommen, ja?

Sigi, natürlich werde ich dich für deine Hilfe angemessen bezahlen. Das versteht sich von selbst

Na, red weiter. Reiß mich rein. Macht gar nichts!

Aber, Sigi! Ich bin der Situation nun mal alleine nicht gewachsen, schlenderte Herr Nuss, schwitzte innerlich Blut und Wasser. Aber schlenderte. Schlenderte nach außen mit aufrechter und sachverständiger Haltung. Spürte genau die Abgründe, über die er im Moment schlenderte, nicht anhalten durfte.

Jetzt mit dem Schlendern aufhören - das konnte fatale Folgen haben. Denn die Illegalen sahen doch gelegentlich rüber. Zu ihm und zum Bus. Beobachteten, was dort weiter passierte. Sahen den Fettsack, der die Sache offenbar gerade regelte.

Und wer weis, was alles passieren kann, wenn ich versuche diese Sache ganz alleine ins Reine zu bringen. In diesem Fall kann ich sonst nicht garantieren, dass einer der andern Arbeiter Stillschweigen bewahrt. Daher ist es für alle Beteiligten wohl besser, wenn du mir vielleicht mit Rat und Tat zur Seit stehen könnest. Ich meine, in diesem speziellen Fall. Und im Sinne von uns allen, erklärte Herr Nuss - wälzte ins Plural ab.

Wie willst du überhaupt irgendwas garantieren?

Das hängt ganz davon ab, was hier als nächstes passiert. Ich werde nämlich beobachtet, tue schon die ganze Zeit, als würde ich mit irgendwelchen Behörden reden und die Sache regeln. Und passiert hier nicht bald etwas, dass so aussieht, als wäre es offiziell, dann sind wir morgen alle geliefert. Jetzt klar?

Otto, du redest gerade mit den Behörden und regelst die Sache. Also, jetzt hör mal auf zu quasseln und hol mal Luft, okay? Gut, und jetzt sag mir nur, wo ich hinkommen soll.

Zum alten Busbahnhof Nord. Du weist, wo …

Ich weis. Gib mir eine halbe Stunde.

Und vergiss nicht …

Ja, ich weis schon. Muss echt wirken. Aber eins sag ich dir gleich. Mein Einsatz ist nicht umsonst.

Als wenn mich das im Moment kümmert.

Bis gleich, Otto. Und halt die Füße still.

Ja, sicher, ich werde mir die größte Mühe geben, wenn … dass sind wir den Hinterbliebenen schließlich schuldig … Und ich werde persönlich dafür sorgen … , saugte sich Herr Nuss etwas aus den Fingern, führte Monologe, schindete weiter Zeit, sah auf die Uhr.

Am andern Ende der Leitung war schon minutenlang niemand mehr, aber Herr Nuss quatschte. Gegen die Gewissheit der Leiche in seinem Firmenbus. Gegen die unerbittliche Länge der Zeit. Um seine Haut. Quetschte aus seiner Notlage Minute für Minute.

Noch ein bisschen, ein bisschen länger.

Bis die Ewigkeit der Minuten endlich kürzer wurde, das sinnlose Gequatsche das Warten ersetzte.

Herr Nuss wurde ungeduldig, spielte demonstrativ den Verärgerten. Über die Verzögerung der Behörden.

Und dann kam tatsächlich ein Rettungswagen der Johanniter, fuhr durch die offene Stelle am Bauzaun. Langsam, ohne Blaulicht und Horn. Am Steuer ein Kerl, den Herr Nuss gar nicht kannte. Aber daneben saß sein Bekannter, mit dem er telefoniert hatte.

Auf der Baustelle sanken die Hämmer, verstummte der Presslufthammer, drehten sich die Köpfe. Man unterbrach die Arbeit, kam näher. Beobachtete die Szene. Allen voran Brahimi. Knatschend. Die Hände in den Taschen des Overalls.

Der Rettungswagen parkte direkt hinterm Firmenbus. Zum Täuschungsmanöver. Der Fahrer und sein Bekannter stiegen aus. Trugen beide die roten Uniformen vom Rettungsdienst der Johanniter. Holten sofort die Trage aus dem Rettungswagen.

Offiziell genug? schritt Hofmeister sofort zur Tat. Vorbei an Herrn Nuss. Als Vordermann mit der Trage. Und dazu kein bisschen zimperlich. Öffnete den Firmenbus, stieg hinein, hantierte kurz an der Unfallleiche.

Wortlos packte der Unbekannte mit an, wusste genau, wie er sich zu verhalten, was er zu tun hatte.

Eilig lud man die Leiche in den Rettungswagen, warf die Türen zu. Der Fahrer setzte sich wieder hinters Steuer, wartete.

Das mit der Rechnung klären wir morgen.

Mit Klemmbrett und gezücktem Stift stand Hofmeister anschließend vor Herrn Nuss. Fürs Protokoll.

Wer ist das, Sigi?

In Zukunft machen wir keine Geschäfte mehr miteinander, Otto. Geht nicht mehr.

Oh, das ist natürlich bedauerlich.

Ich stehe nicht ein für andere, Otto. Nicht mehr.

Herr Nuss zuckte mit der Oberlippe.

Da man ihn beobachtete, riss er sich aber am Riemen, spielte brav mit. Während Hofmeister auf sein Klemmbrett glotzte, etwas ins Formular eintrug.

Ein echtes Formular - über den Gesundheitszustand des Betroffenen.

So, wir sehen uns noch. Bis dahin.

Hofmeister nickte, stieg blicklos in den Rettungswagen und ließ abfahren. Mit der Leiche.

Die Aktion dauerte keine fünf Minuten.

Die Täuschung ist gelungen.

Nur eins blieb noch zu tun. Den Rücksitz vom Bus auswischen, die letzten Spuren beseitigen.

Das erledigte Brahimi.

Und bei Feierabend fuhr der Firmenbus, davor das Sportcabrio, zurück ins Stadtzentrum.

Zum Treffpunkt.

Wie üblich.

Nur mit einem Mann weniger an Bord.

Aber niemand sprach mehr vom heutigen Vorfall.

Ein Unglück ist ein Unglück. Das ist schlimm, aber passiert. Dagegen ist man machtlos. Schwamm drüber.

Die Truppe schwieg - erschöpft, stumpfsinnig.

Manchmal will man nicht nachdenken, will nicht mehr wissen, was läuft. Ist man erledigt und hat die Schnauze voll, hängt man sich nicht so einfach in allgemeine Angelegenheiten. Dann will man nur noch heim, seine eigenen Knochen sortieren.

Für andere auf- und einstehen ist eine schwierige Aufgabe. Feigheit oder Mut spielen dabei noch die kleinste Rolle. Wer zu oft Prügel einsteckt, der verstummt, kümmert sich irgendwann nur noch um seine eigene Nase. Vor allem, wenn er die Prügel einsteckt für andere, die ihm nicht mal helfen, wenn er selbst in der

Klemme steckt. Oder wenn er eine Familie versorgen muss. Und erst das eigene Motiv, der Gang in fremden Schuhen kann plötzlich alles ändern.

Am Brückenpfeiler, im Dunkeln, zahlte Herr Nuss dann aus. Wie immer. Verteilte die üblichen Tagelöhne gewohnt schweigsam. Nur diesmal viel schneller. Ging direkt zu den Leuten, drückte es in die wartenden Hände. Damit er schneller fortkam.

Und ab. Bis morgen früh.

Um fünf.

Brahimi weis schon.

Vergeblich wird man morgen früh wieder auf Herrn Nuss warten. Muss ihn raus klingeln.

Garantiert!

Das **BEIL**

- Pape kommt nicht -

Pape ist gestern nicht aufgetaucht.
Wir haben gewartet, aber er ist nicht aufgetaucht. Weder zum Mittagessen noch zum Schnorren.

Und dabei kriege ich noch fünf Mücken von Pape. Aber das kann nicht der Grund sein, dass Pape gestern nicht aufgetaucht ist. Dafür ist er schon zu oft aufgetaucht, obwohl er jemandem fünf Mücken geschuldet hat.

Jedenfalls haben wir gestern auf beide gewartet. Auf Pape und auf Dumbo. Haben gewartet, bis sie uns rausgeschmissen haben.
Nachmittags.

Frau Maas von der Bahnhofsmission macht da keine Ausnahmen. Die Bude, die Tische sind immer voll. Die Nächsten warten schon.

Wir, Harzler vom Hemshof, sind in der Bahnhofsmission alte Bekannte, keine Notfälle. Kommen jeden Tag, seit Jahren. Kennen hier jeden, haben Hunger, sind aber keine Penner.
Wir sind nur geduldet. Wie die meisten hier.

Natürlich gibts auch in einer Bahnhofsmission klare Regeln. (Wo nicht?)

Und an diese Regeln muss man sich halten. (Wie überall. Also, bis man sie gut genug kennt, um sie zu umgehen. Ich sage umgehen, und nicht brechen.

Nur die Hohlköpfe brechen Regeln. Die anderen umgehen sie. - Aber darüber spricht man nicht.)

Aber zurück zu uns und zur Bahnhofsmission.

Für Leute, die schmutzen oder nicht stubenrein sind, gibts hier jedenfalls nix. Sind wir aber alle brav und zeigen fleißig Selbstwertgefühl, dürfen wir uns etwas aufwärmen. Dann kriegen wir Mittagessen und sogar ein paar Fressalien für zuhause.

Gibts hier alles gratis. Ohne Witz!

Das ist doch was. Und das meine ich todernst!

Wenn man erst mal den ganzen Zuckerguss weglässt ... die Haut oben rum abstreift ... runterkommt ... da bleibt echt nicht viel. Da bleiben bloß das Futter und die eigene Gesundheit. Und schon ist man ein König.

Und wie Könige werden wir hier auch behandelt. Falls wir uns auch wie Könige ... Schön, das war wohl nix. Also, falls wir die Regeln beachten.

Tja, man muss sich nur anzupassen wissen ... Dann darf man sich den Wanst voll hauen, kriegt noch ein bisschen Proviant in seine Tüte ...

Und ab dafür, Platte putzen. Bis morgen. So ist das.

Aber auch heute kommt Pape nicht.

Er hat ... er war schon länger geknickt - wegen allem.

Fremdes Land, fremde Sprache, kein Job, kein Geld, keine Frau, keine Aussichten ...

Der letzte Arsch sein und bleiben ...

(Man darf nicht nachdenken - unten, im Dreck. Man muss den Schwanz einziehen und immer weitermachen - irgendwie.

Die Prüfungen und Momente der Wahrheit dauern ein

ganzes Leben lang, nehmen nie kein Ende - sagen wir, die abgesoffenen und runtergekommenen Harzler.)

Aber Dumbo ist heute wieder aufgetaucht.

Er zittert. Mal wieder.

Der Junge ist einfach zu dünn angezogen für Oktober, friert. Schon zwei mal hab ich ihn mitgenommen in die Kleiderkammer, damit er eine Jacke bekommt.

Er hat auch jedes mal eine Jacke genommen, hat sich bedankt. Aber er hat sie wieder mal verloren, garantiert wieder in irgendeinem Treppenhaus liegen lassen.

Heute zittert Dumbo aber nicht nur wegen der Kälte. Er zittert auch wegen was anderem.

Dass irgendwas oberfaul ist, merkt man ihm sofort an.

Er hat überhaupt keinen richtigen Hunger, kriegt kaum was runter. Den Löffel in der Hand hängt ihm die Fresse runter.

Vorsichtig wetzen wir uns bei Dumbo an, kitzeln langsam raus, was eigentlich im Busch ist.

Dumbo spricht ein Deutsch ... mit Händen, Füßen und fast nur mit Hauptwörtern.

Schickt man Dumbo zum Beispiel in einen Supermarkt, um Plastikbecher zu holen, macht er vorm Verkäufer eine hohle Hand, gießt ein aus einer unsichtbaren Kanne und erklärt:

Ich - Wasser - so.

- Klebreis -

Dumbo wohnt direkt neben Pape - die rechte und vorletzte Tür, zweiter Stock, linker Gang. Die Tür hat einen brandneuen Türknauf. (Echt Messing!) Alle Türen.

73

Überhaupt, das ganze Asylheim ist praktisch nagelneu. Hat man erst vor zwei Jahren gebaut. Ganz nach den modernsten Standards. Mit einer extra Rampe für Rollstühle. Schönen großen Zimmerfenster. Und ringsum alles hübsch begrünt. - Feine Sache.

Da wird man als alter Harzler richtig neidisch. (Aber Schluss damit! Zuviel Neid vergiftet, macht nur Hass - und trifft dazu noch die Falschen.)

Was Dumbo und Pape verbindet?

Sie sind Landsleute, beide von irgendwo aus Gambia.

Jetzt kann man sagen: Die beiden sind nicht nur Landsleute, sondern auch noch Nachbarn: Ist doch toll.

Da hat man in einem fremden Land gleich was Vertrautes. Da kann man über die Heimat reden, kommt sich nicht mehr so allein vor.

Denkt und glaubt man. Von außen.

Aber das Ganze hat auch seine Tücken, kann manchmal ganz schön nach hinten losgehen. Und wie!

Am Anfang, bevor Pape ins Zimmer neben Dumbo eingezogen ist, hatte Dumbo seine Ruhe und alle Zeit der Welt. Einmal die Woche latschte er zum Deutschkurs auf die Abendschule. Mehr nicht.

Sein Job als Fensterputzer war schon länger im Eimer, weil die Leasingfirma Pleite gemacht hatte. Und was anderes war für ihn noch immer nicht in Sicht.

Da konnte Dumbo also mittags erst verdauen, dann ungestört in der Gartenstadt die Mülleimer abklappern und Flaschen sammeln gehen. (Übrigens, beschissener Platz. Dort findet man nix. Schon Jahre nicht mehr. Früher ja, aber heute ... Die Leute dort sind alle geizig geworden - Rentner, müssen selber den Gürtel enger schnallen, nehmen ihre ausgesoffenen Flaschen und Dosen alle selber mit.)

Immerhin war Dumbo aber unterwegs, kam sich nicht ganz nutzlos vor. Und keiner ging ihm auf den Sack.

Als Pape dann vor anderthalb Jahren ins Wohnheim gekommen ist und das Zimmer neben Dumbo bekommen hat, war es vorbei für Dumbo mit dem ungestörten Verdauen und Flaschen sammeln.

Pape hat Dumbo dauernd auf der Pelle gehockt und die Ohren voll gelabert - von zuhause.

Der Grund, dass Pape dauernd sentimental wurde und von zuhause anfing, war eine CD, die ab und zu bei Dumbo dudelte.

Nur hat Dumbo das leider erst zu spät geschnallt. Da war das Heimweh bei Pape schon vollauf geweckt.

Wegen dieser blöden CD beißt Dumbo sich jetzt noch in den Arsch. (Verständlich, wenn man überlegt, wie die Sache danach weitergegangen ist - über mehr als ein Jahr! Und das dicke Ende nicht mal mitgerechnet.)

Schon seit Monaten hat Dumbo dem blanken Terror am Hals. Mit Pape. Mit der Nachbarschaft. Wegen der blöden CD, die ihm gar nicht mehr gehört.

Warum hat er von seinen drei Kröten auch die kleine Anlage gekauft? Im Grunde überflüssig.

Aber Dumbo wollte eben, dass in seinem Zimmer irgendwas dudelt und quasselt - psychologische Sache halt. Und dann diese blöde CD, die er in einer Drogerie auf einem Ramschtisch gefunden hat!

Musik aus Gambia - aus der Heimat.

Da hört man wie irgendein Typ stundenlang auf einer Art Kürbis klampfte. Sehr gewöhnungsbedürftig.

Dumbo spielte diese CD selten. Dazu musste schon einiges zusammenkommen.

Eigentlich lief die CD bei Dumbo nur, wenn ihn alles ankotzte, er sich den ganzen Tag die Hacken krummgelaufen, aber mit seinen gesammelten Flaschen trotzdem keine drei Euro zusammen hatte. Und dann lief die CD nur in Zimmerlautstärke.

Natürlich kriegte Pape, der Neue nebenan, diese Musik aus der Heimat zwangsläufig trotzdem spitz. Durch die Zimmerwand.

Da hatte Dumbo Pape dann ständig an der Backe.

Außerdem war Dumbo der einzige Landsmann, den Pape im Wohnheim fand. Für Pape somit praktisch ein Leidensgenosse und Gleichgesinnter. Und dazu schon fast zwei Jahre hier, wusste also, was hier gespielt wurde und wo es langging. Da bekam man Anschluss. Dachte Pape.

(Wo man die ganzen übrigen Landsleute untergebracht hat, die damals mit Dumbo und später mit Pape gekommen sind? Keine Ahnung. Als wenn man uns was erzählt … Nehme an, verteilt. Vermutlich nach dem komplizierten System irgendwelcher Statistikexperten.)

Irgendwo Anschluss finden, kann dir das Leben gewaltig erleichtern. Wenn du dich verirrt, keine klare Linie hast oder dich nicht mehr zurechtfindest, brauchst du manchmal die Hilfe eines anderen. Einen Kumpel, Freund oder Wohltäter.

Vielleicht hilft dir auch einfach mal ein Fremder, der dafür nichts! von dir verlangt.

Gibt es alles.

Die Sache war nur, dass Dumbo keinen Anschluss und Kumpel suchte. Vor allem keinen Kerl wie Pape, der bei ihm sofort alles abfingerte, tausend Fragen stellte und sofort die Kumpelschiene fuhr. Das war Dumbo dann doch zu plump, und zu aufdringlich.

Also überging Dumbo die angebotene Freundschaft, überging die versuchte Annäherung und die vertraulichen Signale seines Landsmanns.

Aber Pape einfach rausschmeißen oder abschütteln - dafür hatte Dumbo dann doch zu viel Gemüt oder eher keine Eier.

Das Dumme war, dass Pape genauso wenig zu tun hatte wie er. Also hatte er Pape die ersten Wochen den ganzen lieben langen Tag auf dem Hals. Schleppte ihn mit zur Bahnhofsmission, zum Asylamt und musste noch zuhause, in seinem Zimmer, dauernd die blöde CD aus der Heimat abspielen, auf die Pape so abfuhr.

Da war Dumbo bald tierisch angepisst. Mit Pape am Arsch konnte er nicht mal Flaschen sammeln gehen. Und Pape verraten, wo die besten Stellen lagen? Es kam ja so schon kaum was rüber von den paar Flaschen. Ein Katzendreck. Und dann diesen Katzendreck noch teilen? Pah, im Leben nicht.

Also blieb Dumbo, unfähig Pape rauszuschmeißen und deshalb angepisst, einfach in seinem Zimmer hocken. Und mit ihm Pape, der verschmähte Freund, der noch immer nicht kapierte, dass er nicht erwünscht war.

Trotzdem - so konnte es nicht weitergehen.

Dumbo brauchte wieder seine Ruhe, seinen Freiraum, wollte die Nervensäge von Pape irgendwie abschütteln.

Also gut! Scheiß drauf.

Also hat Dumbo Pape die dämliche CD geschenkt. Und mit der CD gleich noch die kleine Anlage, auf der Pape die verdammte CD jetzt hören konnte. Von Dumbo aus bis zur Vergasung. Aber gefälligst in seinem eigenen Zimmer!

Und das hat auch tatsächlich gewirkt.

Mit dem Geschenk hat Dumbo seinen aufdringlichen Nachbarn tatsächlich losbekommen.

Nur dudelt die dämliche CD im Wohnheim jetzt ununterbrochen und doppelt so laut.

Am Anfang ist Pape noch mit Dumbo ins nagelneue Asylamt für Migration und Flüchtlinge gelatscht. Dort haben sie Pape einen Job als Möbelpacker gegeben, bei einer Leasingfirma. Und Pape hat dann Häuser und Wohnungen entrümpelt.

Aber lange hat Pape den Job nicht gemacht. Nur ein Vierteljahr. Dann ist ihm eine Schrankwand aufs Bein gedonnert. Wochenlang ist er dann mit einem Gips rum gehumpelt. Und er war wieder arbeitslos.

Danach hat Pape immer in seinem Zimmer gehockt, weil er keinen Job mehr bekam. Asylbewerber halt.

Viel war auch nicht los mit ihm. Er ist nicht mal mehr zum Deutschkurs auf die Abendschule.

Wahrscheinlich hat Pape sich das Ganze hier auch anders vorgestellt. Leichter. Angenehm. Wie ein reiches Land es allen verspricht. Mit einem anständigen Job und ohne die vielen Regeln. Vor allem ohne Schrankwände, die ihm den Fuß brachen. Aber mit seinem Fuß brach bei Pape wohl noch etwas anderes … Bis er kaum noch aus seinem Zimmer raus ist, nichts mehr wissen wollte von der Scheiße draußen.

Nur diese dämliche CD ist bei ihm immer gelaufen.

Damit hat Pape sich abgekapselt und die Erinnerung entdeckt - ein junger Mann, nicht mal dreißig Jahre alt.

Merkwürdig.

Es ist Dumbo gewesen, der Pape wieder aus der Versenkung geholt hat. Erst war er froh, dass er Pape los war. Dann bekam er irgendwie ein schlechtes Gewissen. Nach einem halben Jahr fing im Heim nämlich der Stress mit den Beschwerden über die laute Musik an.

Also hat Dumbo versucht zu vermitteln.

Dass er Pape die bescheuerte CD nicht einfach austreiben konnte, war ihm klar.

Aber vielleicht konnte er Pape wieder halbwegs auf die Spur bringen, nachholen, was er am Anfang versäumt hatte.

Nur traute Pape dem guten Dumbo jetzt nicht mehr ganz über den Weg. Hatte mittlerweile gut begriffen. Schmollte. Ließ Dumbo erst minutenlang vergeblich an seine Zimmertür klopfen, ließ sich bitten und nur mühsam zum Gespräch erweichen.

Nein, der Landsmann war kein Gleichgesinnter, hatte ihn abgeschoben. Mit seinem Geschenk. Sehr schlau! Und er war erst recht kein Freund, interessierte sich einen Scheißdreck, wie es ihm ging.

Zum Mittagessen in der Bahnhofsmission ließ Pape sich von Dumbo vielleicht noch überreden. Man muss ja essen. Aber sonst ... Über Gefühle reden? Mit Dumbo? Der ihn so gleichgültig abgeschoben hatte!

Mit Dumbo redete Pape nur noch das Nötigste. Über seine Gefühle sowieso nie mehr.

Und schnell merkte Dumbo, dass er an Pape nicht mehr rankam. Merkte bald sogar noch mehr.

Irgendwas hat da drüben bei Pape jedenfalls nicht gestimmt - sagt Dumbo jetzt, kaut langsam seinen Klebreis, den es heute gibt. Wie wir alle.

In den letzten Wochen hat Dumbo immer wieder komische Geräusche von nebenan gehört. Nachts, wenn die Musik ausnahmsweise mal dudelte.

Mal war es ein Weinen, mal ein ganz seltsames Kratzen. Oder beides. Immer abwechselnd.

Komisch, verdächtig.

Das hat Dumbo schon nachdenklich gemacht. Macht ihn noch jetzt nachdenklich. Und zieht ihn erst recht runter. Wenn er damals gleich ...

So ist das.

Ein schlechtes Gewissen ist wie der Klebreis, den wir heute zum Mittagessen alle kauen. Irgendein Rest bleibt immer irgendwo hängen.

- Verständnis -

Der Hausmeister im Asylheim heißt Birkel.

Wenn man hört, was die Leute im Asylheim so über Birkel quatschen, ist er echt kein übler Kerl. Also, kein übles Kerlchen. Er soll ja nicht der Größte sein - sagt Dumbo.

Das heißt natürlich nicht, dass Leute keinen Schiss vor kleinen Kerlen haben. Kleine Kerle sind oft aggressive Beißer.

Aber dieser Birkel, was man so hört, will keinem an den Karren fahren. Im Gegenteil. Er ist sogar ein verständnisvoller, ein sehr verständnisvoller Mann, leise und immer hilfsbereit.

Die Behörden suchen die Leute schon sorgfältig aus, die in ihren Einrichtungen arbeiten. Schließlich beschäftigt man keine Großschnauzen oder Hitzköpfe in einem Pulverfass wie einem Asylheim.

Dumbo sagt, der Kerl sei sogar ‚lieb', kümmere sich bestens um die Asylanten. ‚Lieb?' Soso.

Man wird immer misstrauisch, wenn jemand nur Loblieder auf einen andern singt.

Und umso mehr, je schöner die Loblieder klingen.

Aber auch in Wohnheimen es gibt ja mehrere Wände. Und mehrere Wände haben immer mehrere Ohren. Und auch diese Ohren kommen zum Mittagessen in die Bahnhofsmission.

Da bekommt man erstklassige Infos über dieses Asylheim, kann sich in aller Ruhe umhören. (Als alter Harzler hat man Zeit.)

Und ja, es stimmt, was Dumbo von Birkel erzählt hat. Birkel, der liebeswürdige Hausmeister, fährt offenbar nachhaltig die christlich-humanistische Schiene. Geht so behutsam um mit den Bewohnern, wie die Henne mit ihren Eiern. Und mit seinen Sorgenkindern, wie Pape, ganz besonders.

Dieser Birkel, man stelle sich vor, bringt dem Einsamen und Leidgeprüften sogar Karamellkekse - Selbstgebackene. Von seiner Frau. Ohne Scheiß.

Er will gut, will Harmonie unter den Heimbewohnern. Und seine Geduld und sein Verständnis müssen mehr als groß - müssen schon unermesslich sein.

Seit über einem halben Jahr gibt es im Heim nämlich Krach. Der Grund ist kein andrer als die bescheuerte CD.

Und Birkel, unangenehm berührt von seiner Pflicht, geht fast jede Nacht zu Pape, klopft sachte an seiner Zimmertür, redet auf ihn ein, bittet ihn die Musik leise zu stellen.

Ach ja, die Nachbarn, Pape ... du musst verstehen ...

Neulich hat Birkel Pape sogar Kopfhörer besorgt - erzählt Dumbo. Ohne Scheiß.

Und jedes mal ist Pape völlig einsichtig, stellt sofort die Musik leise, entschuldigt sich tausend mal für den Krach, für sein Verhalten.

Sorry, sorry ... Aber die Heimat, die Erinnerungen ...

Wie auch Birkel sich jedes mal bei Pape entschuldigt, dass er ihn maßregeln muss.

Sicher, er versteht ... versteht ... versteht ...

Das Problem für Pape ist nicht Birkel, der Hausmeister. Das Problem ist Achmed, der Syrer.

Achmed ist der andere Zimmernachbar von Pape - die linke Tür. Und Achmed geht das laute Gedudel aus dem Nachbarzimmer schon länger gründlich auf den Sack. Vor allem, wenn Achmed, der Syrer morgens von seiner Nachtschicht vom Großmarkt kommt. Oder wenn Achmed, der Syrer, Besuch von einer Frau hat. Wenn da nebenan die Musik dröhnt - das stört natürlich.

Achmed, der Syrer hat sich deswegen auch schon mehrmals beschwert. Lautstark - bei Pape selbst. Lange - bei Dumbo. Nachdrücklich - bei Birkel. Hängt Dumbo in den Ohren, hämmert bei Pape gegen die Tür und gegen die Wände, geht Birkel, dem Hausmeister ausgedehnt auf die Nerven.

Aber Pape reagiert nicht, macht Achmed nicht die Tür auf. Der Kerl geht ihm am Arsch vorbei. Macht die Tür nur auf, wenn Birkel anklopft oder Dumbo lange genug bei ihm anhält.

Mit dem Hausmeister darf man es sich nicht verscherzen. Das weis Pape ganz genau. Und was Dumbo, diesen herzlosen Heuchler, angeht - der muss bei ihm jedes mal erst zu Kreuze kriechen, dass er ihn überhaupt noch in sein Zimmer lässt.

So ein Asylheim ist eine heikle Angelegenheit. Dort ist immer dicke Luft. Die Leute wollen raus, sind angepisst von ihrer Situation und mies drauf. Da braucht es nur einen Furz und schon gibt es unnötigen Stress. Aber dafür gibt es ja Birkel, der die Wogen glättet. Mit Geduld, Verständnis und Einfühlsamkeit. Ein vernünftiges Gespräch klärt so manches.

Im Fall von Pape gibt der Erfolg Birkel sogar Recht. Zumindest vorübergehend.

Ein paar Wochen hört das Gedudel also auf. Im Heim atmet man auf. Aber dann dudelt die Musik wieder los.

Und der ganze Stress fängt von vorne an. Damit Pape die Einsamkeit ertragen kann, klammerte er sich an die Musik. Aber für andere, besonders Achmed, den Syrer wird das Gedudel langsam zum Terror. Das geht auf keinen Fall so weiter, muss aufhören. Dumbo kennt die Situation, kennt Pape mittlerweile. Er weis, was für Pape hinter der Musik auf dieser dämlichen CD steckt. Aber er hält sich da raus. Gegen das Gedudel ist er abgehärtet. Zum Teufel! Sicher, sicher, er hat es ja selbst auf den Plan gerufen. Aber was soll er dagegen bitte tun? Ist ja nicht seine Schuld, wenn andere deshalb Terror machen. Oder? Oder doch?

Aber Birkel, der nette und menschenfreundliche Hausmeister kommt jetzt unter Zugzwang, muss reagieren, den Frieden bewahren. Um jeden Preis.

Dazu ist er verpflichtet. Noch mehr, als der Wunschvorstellung von Harmonie.

Aber wie?

Es bringt nichts. Die Kopfhörer haben nicht gegriffen. Birkel muss sein Sorgenkind, muss Pape vor die Wahl stellen. Leider. Entweder … oder - Einsicht oder Vollstreckung. Entweder der Lärm hört umgehend auf oder die Musik, sprich die kleine Anlage wird konfisziert.

Birkel schmeckt diese Aufgabe gar nicht - auch wenn das Recht der Gemeinschaft natürlich überm Recht des Einzelnen steht - und stehen muss. Ganz klar.

Pape versteht. Wie auch nicht! Noch einmal und er ist dran. Dann ist es aus mit seiner Musik. Pape versteht.

I'm sorry, so sorry …

Sicher, Birkel versteht … versteht … versteht …

Wie kann Pape sich auch wehren gegen die Einfühlsamkeit von Birkel? Dem es selbst leid tut, dass er Pape vor die Wahl stellen muss.

Pape ist unterwürfig. Und Pape schämt sich.

Der arme Hausmeister - gibt sich so viel Mühe mit ihm! Kümmert sich so rührend um ihn. Hat ihm sogar selbst gebackene Kekse von seiner Frau gebracht. Und er schlägt immer wieder über die Stränge, macht Ärger. Wie undankbar! Was für ein gemeiner und egoistischer Kerl er doch ist! Anderseits, was kann er dafür?

Musik und Kopfhörer?

Das ist für Pape nun mal wie Sex mit Kondom. Da fühlt sich alles einfach unecht an. Und seine Musik ...

Dumbo hat gemeint, bei Pape war es die letzten Wochen völlig still. Bis auf die Geräusche, die er schon vorher nachts manchmal gehört hat.

Die nächste Beschwerde über Pape ist vermutlich vorgestern gekommen. Muss so sein. Da ist es dann passiert. Nach allem ...

- Arme Säue -

Das Beil ... na, schätze mal, Pape hat das Ding beim Entrümpeln gefunden - noch als Packer bei dieser Leasingfirma. Damals schleppte er, so Dumbo, ganze Taschen voller Plunder in sein Zimmer. Plunder, den er aus den entrümpelten Containern kramte.

Als es passiert ist, war Dumbo nicht da.

Aber Dumbo erzählt uns, was im Asylheim abging, als er nachts heimkam. Schon draußen war alles abgesperrt. Dumbo musste warten.

Der ganze Gang vor seinem Zimmer, bei Pape und selbst bei Achmed, dem Syrer, war verschmiert mit Blut. Aber Pape und den getöteten Birkel hatten sie schon abgeholt.

Der Fall war eigentlich klar wie Kloßbrühe. Trotzdem musste Dumbo gestern noch auf die Wache, durfte den Bullen was radebrechen. Mit Händen, Füßen und Hauptwörtern, seinem: ‚Ich - Wasser - so.'

Und das ist alles. Der Klebreis gefuttert, die Teller leer und Dumbo fertig mit Erzählen.

War echte Schwerarbeit ihm das alles aus der Nase zu ziehen.

Und bei seinem Kauderwelsch das alles noch halbwegs zu kapieren.

Tja, Scheiße ... Scheiße.

Da hockt Dumbo jetzt, zittert ohne Jacke, hebt seinen Kopf mit der angeschmutzten, gelben Wollmütze und guckt uns geknickt an.

Was für eine Scheiße.

Da hilft nichts, kann man nichts machen.

Die Teller sind leer und wir müssen aufstehen, Platz schaffen. Frau Maas schmeißt uns raus. In die Kälte. Stundenlang rumhängen ist hier nicht. Die Sitzplätze fürs Futtern werden gebraucht. Für die Nächsten. Denn die Nächsten gibt es immer.

Also raus, zusammen noch eine Kippe stoßen und schweigend gedenken. Den Verbannten und den Toten: Pape und dem Hausmeister ... Arme Säue. Friede sei mit euch. In Ewigkeit. Ihr habt's gepackt. Und in den Ascher die Stummel. Amen. Und weiter.

Ach, ja, noch eine Extra-Kippe für Dumbo. Für unterwegs. Hier, nimm Bruder. Denn das Leben ist schwer und das Schicksal für manche unerbittlich.

Wir nicken uns an, nicken uns zu. Zum Abschied für heute. Und ab mit Dumbo. Ohne Jacke, aber mit seiner Tüte für die leeren Flaschen.

Zittert.

Noch einen Moment stehen wir. Vor unsrer Bahnhofsmission. Stehen betreten. Überlegen.

Nur schade um die fünf Mücken ...

Hey, von der Sache mit Pape sollte ja eigentlich ...

Los, in den Bahnhof, die Lokalzeitung her. Durchblättern, suchen. Und? Tatsächlich, da steht es: , ... mit einem alten Fleischerbeil ... ' Und noch mehr.

Dumbo hat nicht gelogen, hat nicht mal übertrieben - wenn das alles stimmt, was da geschrieben steht.

(Leute, Leute ... Wer glaubt eigentlich den ganzen Bockmist, der so in Zeitungen steht!? Die eine Hälfte ist gelogen, die andere erfunden. Wie beim Quatschen! Weis man doch ...)

Soso ... a-ha ... allerhand ...

Pape soll nicht mal getürmt sein. Hat danach angeblich einfach seine Zimmertür offengelassen und weiter seine verdammte CD gehört. Bis die Bullen ihm den Stecker gezogen haben. Endgültig.

Tja, ob's stimmt oder nicht - Pape ist erledigt. Pape kommt nie mehr hierher zum Mittagessen, hört seine verdammte CD nie mehr. Jedenfalls nicht in seinem Zimmer.

Pape ist durchgedreht, hat Birkel abgeschlachtet, den netten Hausmeister, diesen gutmütigen, liebenswerten Mann, der sich die humanistischen Ideale so dick auf die Fahnen geschrieben hatte. Er hat den Mann regelrecht zerhackt - mit diesem alten, schäbigen Hackebeil, das er irgendwo aus dem Dreck gezogen hat.

Jesses, was für ein Scheißdreck! So unnötig wie ein Kropf. Aber der Scheißdreck ist (leider) wahr - so wahr, wie man Luft holen muss, um nicht zu ersticken.

Der Scheißdreck ist das Gegenteil vom Schönen und Angenehmen, der Preis für unsre Liebe und Träume.

Der Scheißdreck ist das Lebensprinzip, an dem niemand vorbeikommt. Und sein Gestank ist Programm - das ewige Haar in der Suppe, die böse Überraschung hinter der harmlosen Verpackung, der schreckliche Witz, den niemand versteht.

Man kann den Scheißdreck vielleicht klein halten. Man kann ihn runterspülen, kann ihn leugnen. Aber man kriegt ihn nie wirklich los. Denn er hört nie auf, kommt immer wieder hoch (und nach).

Für Scheißdreck gibt es keine Lösung. Man kann ihn nur austragen und hinnehmen. Wie Lügen, Täuschung oder Heimtücke. So ist das.

Also ... Ade, Pape. Ade, ihr fünf Mücken.

Man darf nicht nachdenken - unten, im Dreck. Man muss gründlich den Schwanz einziehen und immer weitermachen - irgendwie. Jeder muss mit sich selber klarkommen, muss seine Würde ganz alleine hochhalten. Du kannst andern Leuten helfen. Aber du kannst nicht für sie leben. Durch diese Prüfung musst du allein - sagt der weiße Harzer, der hier geboren ist. Ich.

Und damit mache ich jetzt Schluss und halte am besten mein Maul.

DER MANN AUS PUNTA CANA

- PROTEST -

Ihr habt gelogen! Alle habt ihr gelogen!
- Wir? Wir haben ‚dich' angelogen, Eric?
- Habt mich angelogen! Ich bin gar nicht feuerfest ...
Außerdem nennt mich gefälligst nicht mehr Eric. Es
gibt keinen Eric mehr. Nennt mich, *Pomfritz* - wie alle
Typen, die mich kennen.
- Schön, Eric. Also, *Pomfritz!* Aber wieso feuerfest? Das
hast du dir eingeredet? Du bist ein Depp.
- Ich dachte ...
- Was?
- Ich bin ... Moment. Ach, ja, jetzt weis ich's wieder.
Ich bin nur ein Blatt, dass der Wind vom Baum ge-
weht hat. Haltlos. Bin ein lausiger Säufer und Penner.
Planlos. Bin einer, dem jede dritte Flasche abrutscht
und auf den Boden fällt. Verflucht. Bin ein Grashalm,
den die Zeit niedermäht. Unbeachtet. Bin ein Mann,
der an nichts mehr glaubt, wofür es sich zu leben
lohnt. Ausgestoßen. Hört mich. Ich bin nur noch ein
Schatten, am Ende. Gebrochen. Selbst die Wachhunde, wenn ich vorm Fabrikzaun sitze, von der Flasche

ins Leere starre ... selbst die Wachhunde bellen nicht mehr.
- Oh je, fängt jetzt diese Leier wieder an?
- Macht nix ... gar nix mehr.
- Also schön, deinetwegen. Aber das ist das letzte mal. Wir alle haben dein ewiges Selbstmitleid nämlich gründlich satt. Also: Über den Ozean kamst du.
- Kam ich.
- Kamst, um zu krepieren.
- Kam ich.
- In einem andern Land.
- Im gelobten Land!
- Amen. Und trotzdem warst du unerwünscht.
- Am Anfang nicht, aber schon bald.
- Gewiss, Eric. *Denn gelobt ist das Land, das seinen Menschen etwas verspricht ... und sie mit diesen Versprechen fängt - von der Wiege bis ins Grab.* Das muss man erst mal kapieren. Und das hast du nicht.
- Nein, das hab ich nicht.
- Du warst halt schon immer ein Depp.
- Jawohl, ich bin ein Depp.
- Wer sich selbst anzündet kann ja gar nix andres sein!
- Aber was soll jemand tun, der eine Ausrede braucht? Sag's mir? Wie lässt du los, was dich nicht loslässt?
- Wir hören.
- Meine Frau brachte mich einst mit aus der Dominikanischen Republik. Eine Urlauberin, eine Touristin. Brachte mich mit wie ein Andenken, eine nette Erinnerung, eine hübsche Kette aus Holzperlen, die man sich bei Bedarf um den Hals hängt. Fünf Jahre ist das jetzt her.
Ich will euch die ganze Geschichte erzählen. Denn endlich habe ich Zeit. Für alles. Alle Zeit der Welt. Jetzt.

Während man mich mit meinen Verbrennungen ins Krankenhaus bringt.

Die Sanitäter packen mich auf die Trage. Haben mir eine Spritze gegeben, transportieren mich durch den Gang - mitten durch die wachgerüttelten Bewohner unsres Obdachlosenheims. Ich sehe nichts, aber ich sehe - die Visagen, die an den schiefen Türen Spalier stehen, meinen Abtransport begaffen.

Ich seh' euch, ihr Schweine! Ihr habt mir die Teufel geschickt, die mir das mit der Tür eingeredet haben.
Freut euch, dass ihr mich los seid. Ihr alle seid im Grund so tot wie ich, schon gleichgültig vom Elend.

Aber ich lebe noch, ich kann noch fühlen, kann noch leiden. Ich erinnere mich.
Auch ich habe das Leben geliebt!

Erinnern wir uns zusammen, bevor mir die Augen zufallen. Das Licht im Aufzug unsres Heims - die Sonne, die Tropen.

Hört mich. Brüder, Schwestern, hört meine Worte, meinen Fluch: Wer einst den Traum vom glücklichen Leben auf Erden erfand, gehört ... erschlagen! Es gibt keine einmalige Chance. Es gibt nur die Gesetz des Lebens - den Verzicht oder den Irrtum.
- Richtig, Eric ... ich meinte natürlich *Pomfritz! Denn blind ist der Menschen, der in Chancen rechnet ... und sich dabei verzettelt.* Aber deshalb musst du trotzdem nichts bereuen.
- Ich wusste es nicht.
- Du wusstest es nicht.
- Erst jetzt.
Die Türen der Ambulanz werden zugeworfen. Und wir fahren. Aber ich werde nicht lebend ankommen. Dafür sind meine Verbrennungen zu stark.

Erst jetzt, (zu spät!) hat die Vergangenheit keine Macht mehr über mich. Das Gift und die Prügel der Enttäuschung - sie tun mir nicht mehr weh.
Ich spüre, wie alles abfällt ... endlich ... von mir loslässt.
- Tatsächlich? Und dafür das Feuer?
- *Die* haben einfach mein Fensterchen zugeklebt.
- Keine Ausreden.
- Ausreden? Habt ihr mir nicht geflüstert, dass ich die Zimmertür anzünden soll, als D*ie* mir einfach mein Fensterchen zugeklebt haben?
- ,Wir' haben dir das gesagt? Nein.
- Aber ...
- Das war nur eine Möglichkeit. Und dazu die Schlechteste. Da gibt es hundert andere. Tanzen, singen. Notfalls kann man auch was kaputtschlagen.
- Wenn *Die* mir nicht mein Fensterchen ...
- Menschenskind! Jetzt vergiss doch mal einen Moment dein scheiß Fensterchen!
- Aber das ist es ja! Wenn das mit meinem Fensterchen nicht ... Nur so hab ich's ja begriffen!
- So? Und was? Was hast du begriffen?
- Na, was ihr mir gesagt habt. Man kann sich nicht ewig selbst bemitleiden. Irgendwann muss man sich aufrappeln und protestieren. Das ist ...
- ... der Ruf der Seele nach Freiheit.
- Du weist?
- Sicher, *Pomfritz! Denn frei ist die Seele, die ihre Würde erkennt ... und keine Enttäuschung mehr fürchtet.*
Also, bitte. Dann schieß mal los, quatsch dich aus. Soll ja keiner sagen, du wärst nie zu Wort gekommen. Auch wenn das für dich wahrscheinlich das letzte mal ist.

- FÜR DOLLARS -

Dies ist die Geschichte eines Ausgelieferten, abhängig von der Gnade anderer. Die Geschichte eines Wehrlosen, verletzbar von allen Seiten. Die Geschichte eines Träumers, der hinnahm, was über ihn kam.

Wie oft bin ich mit meinen Geschichten, mit meinem ganzen Mist schon hausieren gegangen ... in den letzten Jahren ... im Suff ... im Liegen ... im Stolpern. Mit Beulen, Schürfwunden. Habe irgendjemandem von mir erzählt ... irgendwelchen andern Trunkenbolden, Arschlöchern, Tanten, die mich vorm Supermarkt hocken sahen ... Habe Leuten meinen Mist vorgekaut, vorgejammert und ins Ohr gerülpst - um sie anzupumpen. Und alles für ein paar Cents.

Wie viel Bedauern, wie viel Mitgefühl man auch zeigt ... man kann nicht in die Haut eines andern kriechen und einen Ausweg finden! Man kann niemanden retten. Nur sich selbst ... wenn man kann!

Verdammt.

Jetzt erzähle ich euch die Geschichte, erzähle euch meinen Mist zum ersten mal ganz. Ich muss es loswerden. Mir ist nicht schlecht und nicht kalt. Nicht mal Durst hab ich mehr. Nur meine verbrannten Hände und Füße unter der Decke zittern. Ganz von selbst.

Es fing alles an mit Ärschen - Frauenärschen. Ich sehe sie noch deutlich vor mir. Diese ganzen Frauenärsche.

Frauenärsche sind, ganz allgemein, schon eine gefährliche Sache. Nähert man sich ihnen als Mann zu schnell oder zu entschlossen bekommt man das Liebesfieber. Und hat man erst mal das Liebesfieber verliert man den Verstand. Und verliert man in dieser Welt den Verstand ist man erledigt. Ich weis es. Denn ich bin erledigt.

Ich, Eric, war Hotelfahrer in Punta Cana. Ein Pinguin mit weißem Latz. Und Urlauberinnen rumfahren - das war mein Job. Hatte die Schuhe immer erstklassig geputzt, saß jeden Morgen auf Abruf in der Hotelhalle. Bis irgendeine alte Touristin nach mir verlangte.

Da hieß es dann hopphopp, Eric. Zum Wagen. Man verlangt nach dir. Du hast Kundschaft.

Und wenn ich dann im Wagen vorfuhr, kamen jedes mal diese ganzen alten Frauenärsche. In kurzen Röcken oder in dünnen Leinenhosen. Große, fette, weiße Frauenärsche. Alt und faltig. Mit Dollars. Kamen geschaukelt, stiegen ein, ließen sich rumfahren und abholen.

Zum Bummeln. Zur Bar. Zum Strand. Zur Spritztour. Zum Vergnügen.

Alles einsame oder alleinstehende Urlauberinnen. Mit enormen ... wie gesagt ... mit Ärschen wie Trampoline, wie Pferde. Frauenärsche von Mitte vierzig bis Mitte achtzig, von denen viele in Punta Cana ein kleines Abenteuer oder einfach etwas Abwechslung suchten.

Und diese Ärsche waren keineswegs schüchtern oder zimperlich. Wussten immer genau, ob sie wackeln wollten oder nicht. Vor mir, mit mir.

Für Extradollars.

Dass diese Damen allesamt schon älter oder alt waren störte mich irgendwann nicht mehr. Licht aus, die Augen zu und durch.

Für Extradollars.

Bekam ja sonst kein Geld im Hotel. Da hieß es nur:

Geld? Wir stellen dir doch schon den Wagen mit dem du rumfährst. Also, was willst du mehr? Außerdem bekommst bei uns sogar dein Essen gratis. Und du hast im Keller dein eigenes Zimmerchen. Also werd mal nicht unverschämt. Sonst bist du weg. Und zwar ruck zuck. Du willst mehr? Dann streng dich halt noch mehr an, bei den reichen Damen ... erklärte mir Carlos Suarez, der Parkwärter von unsrem Hotel - mein Geizhals von Chef. War ein Hurensohn.

Passte.

Viel Spaß hat mir das Ganze nie gemacht. Am Anfang noch ein bisschen ... aber später. Bestimmt nicht mehr. Und reich bin ich damit auch nicht geworden.

Dafür hab ich mich immer zu billig verkauft. Hab immer nur genommen, was mir die alten Damen freiwillig gaben. Viel gab's da allerdings nicht. Mal 5, mal 10 Dollar. Offenbar waren die Damen überzeugt, ihre Ärsche seien für mich Lohn genug. (Übrigens sind Frauen meist knausriger als Männer.)

Aber man hat sich nie über mich beschwert. Das muss ich jetzt mal sagen - denn darauf war ich tatsächlich stolz! (Kunststück! Ich war ja auch ein Depp. Bediente die Damen gut und fragte nie nach Geld. Ach, das ist die Dummheit, die man Stolz nennt - ist für die Katz und geht noch freiwillig vor die Hunde.)

So ging das mit mir und diesen großen, fetten, weißen Frauenärschen zwei Jahre lang. Ging Arsch um Arsch. Und immer nur solange, wie der Urlaub der alten Damen bei uns dauerte. Natürlich! Und adieu, Punta Cana. Adieu, Urlaubsparadies. Adieu, Eric.

Bis ... (Nein, ihr Name bleibt mein Geheimnis.)

SIE war Witwe, fünfzig, kam aus dem gelobten Land. Und mit ihr der kleine Mops, der überall dabei war. (Nein, auch wie der kleine Mops hieß, werde ich nicht verraten.)

Etwas an dieser Frau war jedenfalls anders, machte den Unterschied zwischen ihr und den Übrigen: Und es war bestimmt nicht ihr Arsch, der übrigens völlig aus dem Rahmen fiel. Klein und fest, nicht groß und fett, wie bei den anderen Touristinnen. Und es war auch nicht der kleine Mops, der mich sofort ins Herz schloss. Nein, der Unterschied war ganz einfach.

Diese Frau kam von selbst. Kam runter in mein Zimmerchen neben der Wäscherei. Wollte wissen und sehen, wie ich lebte. Fragte mich nach meiner Familie, meinen Plänen. Sprach schlecht spanisch, aber das war egal. Wollte trotzdem nur reden. Sonst nichts. Wollte nicht mal rumgefahren werden. Kam jeden Morgen, eine ganze Woche lang. Mit dem kleinen Mops auf ihrem Arm. Fragte immer weiter.

Taten andere nie. Kannte ich nicht. Verwirrte mich - diese Frau ... ich spreche ihren Namen nicht mehr aus.

- DAS ANGEBOT -

Da war der Mond. Über Punta Cana. Da waren sie und ich - diese magere und stille ältere Frau mit dünnen Beinen. Ihr großer Strohhut und der Sand zwischen ihren Zehen. Und da waren die schäbigen Straßenstände mit den halben Kokosnüssen. Dazu das Meer. Und der kleine Mops.

Romantisch, nicht?

Erst in der zweiten Woche ließ sie sich zum ersten mal von mir fahren. Barfuß. Zur Plantage. Mit ihrem kleinen Mops auf dem Schoß, der mir die Hand leckte. Mochte mich. War ihr wichtig.

Und sie miete mich und meinen Wagen für ihren ganzen restlichen Urlaub. Immer barfuß. Den Mops auf dem Arm. Gab mir jeden Abend 20 Dollar Trinkgeld.

Irre. Nur fürs Fahren. Noch irrer. Mit der Erklärung, dass der Mops mich so mochte. Am irrsten.

Komische Frau … passte irgendwie nicht ganz hierher. Schleppte immer den kleinen Mops mit. Verwöhnte den Mops, aber aß selbst kaum. Trank gern Gin Fizz. Immer in kleinen Schlucken. Machte bei uns Urlaub, zahlte dafür viel Geld und wollte sich nicht mal vergnügen. Rauchte viel. War einsam, aber suchte kein Abenteuer. Trug immer einen großen Strohhut. Konnte gefahrlos zugreifen, aber legte es überhaupt nicht drauf an. Wollte mich immer nur irgendwas fragen. Über unser Land, unsre Leute, über mich. Wollte nur zuhören. Hielt beim Zuhören ihren Zeigefinger unter ihr spitzes Kinn. Und zwischen den Fingern die lange Zigarette. Während der kleine Mops grunzte.

Komische Frau … passte gar nicht hierher.

Ich fragte sie: Wie lange ist dein Mann denn tot?

Sieben Jahre ohne Mann? Erst glaubte ich es nicht. Dann sah ich auf den Mops und glaubte es doch.

Aber die große Überraschung kam erst.

Am Morgen bevor sie abflog, kam sie wieder in mein Zimmerchen, verabschiedete sich mit einem einfachen Händedruck. Ganz nüchtern. Als wär's ein Geschäft, das man abspricht.

Nichts war zwischen uns gelaufen.

Der kleine Mops wusste es. Aber da stand sie. In meinem Zimmerchen. Mit dem kleinen Mops. Fragte, ob ich weiter im Hotel bliebe.

Ich nickte. Hatte ja nichts anderes vor.

Und da sagte sie plötzlich, sie käme wieder. Spätestens im Dezember. Vielleicht … wenn ich noch da wäre …

Ich war verblüfft. Passte.

Sie wiedersehen? Mit ihrem kleinen Mops? Noch dazu im Dezember?

Keine alleinstehende und ältere Touristin kommt im Dezember freiwillig nach Punta Cana. Und schon gar kein zweites mal. Dazu gibt es zu viele andere Orte, andere Männer. Zu viele andere Orte auf der Welt, die man besuchen kann. Mit Geld. Zu viele andere Männer auf der Welt, die man etwas fragen und die man reden lassen kann. Mit Geld.

Uns wiedersehen? Nein, wir würden uns nicht wiedersehen. Das war (selbst für mich) Unsinn. Woher sie kam, gab es sicher auch genug andere junge Männer, die kleine Mopse mochten. Und umgekehrt.

Ich war überzeugt, wenn sie erst wieder zuhause wäre, würde sie mich schon vergessen. Auch ihr Mops.

Aber das sagte ich ihr natürlich nicht. Wollte sie nicht fortlassen mit schlechten Gedanken oder Zweifeln. Dazu war sie auch zu gut zu mir gewesen.

(Übrigens habe ich nie jemandem gesagt, was ich über ihn denke. Auch denen nicht, die mir vielleicht schlecht wollten. Was ändert es? Man wird nur noch fester geschlagen und getreten.)

Aber ich war verkehrt. Und wie! Denn wer tauchte sechs Monate später bei uns im Hotel wieder auf? Wer kam da wieder um die halbe Welt geflogen?

Es klopfte an die Tür von meinem Zimmerchen. Und ich machte auf … paff …

Warum? Warum war diese Frau nur wiedergekommen? Mit dem kleinen Mops. Warum musste sie nur wiederkommen! Und mir dann erzählen, was ich nicht verstand! Dass ich der Grund war, dass sie wiedergekommen war. Ich.

Und der Grund?

Ich … wer war ich denn?

Ein Niemand und Trottel. Ich habe und hatte nichts. Hatte im Leben nie mehr als hundert Dollar. Bis auf eine Ausnahme.

Was wusste ich denn von irgendwas?

War fast dreißig und konnte nicht mal richtig lesen und schreiben. Fuhr jahrelang immer nur fette, alte und reiche Touristinnen spazieren. In einem Wagen, der mir nicht gehörte. Ließ mich von jedem von hinten bis vorne bescheißen. Bekam Almosen von den Damen, dass ich mit ihnen rummachte. Kaufte ihnen dafür sogar noch Geschenke und Blumen. Hauste in einem Zimmerchen neben der Wäscherei im Keller. Und würde wahrscheinlich immer dort hausen, bis mich Carlos Suarez eins Tages … War ein Hurensohn. Und ich nur ein Niemand und Trottel.

Ich …

Aber paff, da stand diese Frau. Auf der Türschwelle von meinem Zimmerchen. Und auf ihrem Arm der kleine Mops.

Brachte alles durcheinander. Und ihr ehrliches Gesicht erschreckte mich. Denn es sagte:

Siehst du, Eric, hier bin ich wieder. Nichts habe ich vergessen. Eric … Und der kleine Mops grunzte.

Sie kam meinetwegen. Wollte tatsächlich, dass ich mit ihr mitkam. Ins gelobte Land. Ich, Eric …

Wer, ich? Was für ein Witz!

Konnte es kaum glauben … und musste es doch. Bekam ja schon am nächsten Tag den Beweis - für diesen supertollen Witz, dieses schöne Märchen, bei dem der kleine Mops die ganze Zeit mit dem Schwanz wedelte. Hatte ja seinen Anteil daran, weil er mich mochte.

Bruder, möchte ich jetzt sagen .... nach allem, was ich weis ... Bruder, wenn Dinge zu schön sind, um wahr zu sein, dann verschwinde. Kratz die Kurve! Gib Fersengeld! Hau ab!

Und zwar so schnell und weit wie du kannst.

Aber das sagt dir vorher natürlich keiner.

Nein, nein ... ich sehe ein, meine Warnung ist zwecklos. Ich weis es. Jetzt, wo ich selbst erledigt bin.

Bruder, du würdest mir nicht glauben. Dazu bist du schon zu sehr verlockt. Du würdest mir sagen, dass ich nur neidisch bin. Auf dich, auf dein Glück. Genau.

Irrtum, Bruder! Du bist die Maus. Bist immer die Maus. Und bis es immer gewesen. Und der Käse nur der Köder in der Falle. Und dieser Käse bricht dir das Genick. Zuverlässig, bitter und todsicher. So.

Natürlich sind daran auch wieder andere Schuld. Aber nicht hier! Nicht bei mir. Selbst wenn ich jetzt noch, schwer verletzt und im Krankenwagen, meine Schuld auf meine Hirngespinste abwälze ...

Was ist es anderes, als die Angst des Schwächlings vor seiner Wahrheit, der er sich stellen muss? Was ist es anderes ... als die Angst der Seele vor dem Ende? Was ist es anderes ... ja.

- POMFRITZ -

Nie hat sich wirklich jemand für mich interessiert. (Nicht vor und nicht nach dieser Frau - deren Namen ich nicht verrate). Schon gar keine andere Frau. (Am Wenigstens meine Mutter.)

Also schön, ich gestehe. Ich war immer nur ein hilfloser Jasager, immer nur Mittel zum Zweck, immer nur ein

Spielball für andere. Gut? (Wie erbärmlich!)

Nie ist mir hinterher noch einmal jemand so nahe gekommen wie diese Frau. (Nein, ich behalte ihren Namen für mich. Es tut nur weh die Namen von Toten endlos auszusprechen.) Genug? Nein?

Meinetwegen. Wenn ihr darauf besteht. Bitte.

Ich war immer nur ein Wurm, eine Schnecke, ein Weichei und Kriechtier. Spuckt mir ins Gesicht und ich bedanke mich. Haut mir aufs Maul und ich bettle um mehr. Macht mich nieder und ich liebe euch trotzdem. Besser? (Erschreckend, nicht?)

(Sicher, wenn du eine Persönlichkeit und Meinung hast, musst du dafür kämpfen … Wenn du aber keine Persönlichkeit und Meinung hast … Bis du leider irgendwann nur noch gegen dein eigens Selbstmitleid kämpft. Denn das Gewissen erkennt genau, was fair und unfair ist. Jetzt endlich weis ich's!)

Damals … wie war das noch gleich … schwer sich richtig zu erinnern, wenn man besoffen und bescheuert ist, sich Arme und Beine verbrannt hat … und dabei ins Krankenhaus kutschiert wird …

Ja, wir heiratete. In einer Kirche von Punta Cana.

Danach fuhren wir sofort zur Botschaft. Im gleichen Wagen, in dem ich sie immer herumgefahren hatte.

Dort, in der Botschaft waren zwei Männer.

Zweimal schrieben diese Frau und ich unsre Namen auf ein Stück Papier. Dann gab mir einer der Männer den Pass fürs gelobte Land. Und der andere nahm mir meinen alten Pass weg.

Damit war die Sache endgültig besiegelt. (Und vermutlich mein Schicksal.)

Jetzt war ich also Bürger des gelobten Landes. Und verheiratet. Mit einer Frau über zwanzig Jahre älter als ich.

Na, dann ... und weiter?

Der Mops kläffte. Unser Hotelportier grinste. Sogar mein Geizhals von Boss, Carlos Suarez, ließ eine Zigarren springen - quasi zur Heirat und zum Abschied in einem. Klopfte mir auf die Schulter - Hurensohn.

Als letztes kündigte ich im Hotel, packte mein bisschen Plunder in eine Tasche.

Was ich bis heute nicht begreife: ich verschenkte meine Hängematte. Und ausgerechnet an Carlos Suarez - Hurensohn. War eine tolle Hängematte, gut verarbeitet, aus bestem Hanf. Um jeden Knoten ein Metallhaken zwischen den Stegen. Und diese Hängematte schenkte ich tatsächlich Carlos Suarez - Hurensohn.

So schloss ich ab mit meinem alten Leben als Hotelfahrer, kehrte Punta Cana und meiner Heimat den Rücken. (Noch ahnte ich nicht, dass ich nie mehr ...)

Wir flogen nachmittags, noch am gleichen Tag.

Sie saß neben mir, streichelte meine Finger mit dem Ring, den sie bezahlt hatte. Während der Mops auf meinem Schoß lag und schlief.

Mitten im Dezember kamen wir an im gelobten Land. Alles dort war immerhin genauso, wie ich's mir im Winter vorgestellt hatte. Kalt, grau, hässlich.

Und diese Stadt, in der diese Frau wohnte, war wie ein einziger rauchenden Fabrikschornstein.

Dafür war ihr Häuschen sehr hübsch. Mit einem kleinen Balkon, Garten und vier Zimmern.

(Ich wohne noch immer in der Nähe. Aber ich vermeide es an diesem Häuschen vorbeizugehen. Ich will nicht mehr daran denken müssen. Jeden Tag und jede Stunde. Ich will vergessen, will mein Gedächtnis auslöschen, will mir das Hirn rausreißen. Aber das kann ich nicht. Also betäube ich mich, überschwemme mein

Hirn mit Alkohol. Vergeblich! Ist der Vollrausch fort, kommt alles zurück. Jeden Tag und jede Stunde.)

Bald hatte ich mich vollkommen eingewöhnt, lebte bei dieser Frau wie die Made im Speck. Wie der Mops.

Ich wusste, sie hatte zwei Kinder.

Hatte sie erzählt.

Zu Gesicht bekam ich diese Kinder aber nie. (Vorerst). Kamen nie zu Besuch. War merkwürdig ... kümmerte mich allerdings auch nicht.

Diese Frau war wirklich geheimnisvoll, erzählte mir nie alles von sich oder ihrem früheren Leben.

Ach, was machte das schon ... ich lag ja bequem. Neben dem Mops. Und nie hat diese Frau in der ganzen Zeit irgendwas von mir gefordert. Außer, dass ich ab und zu zärtlich mit ihr wurde.

Manchmal verschwand sie für einige Stunden, arbeitete. Ich glaube, sie arbeitete auf irgendeinem Büro.

Jedenfalls brachte sie mich jedes mal persönlich in den Sprachkurs der Abendschule. Ich lernte ganz ordentlich die Sprache des gelobten Landes. Konnte mich schon nach drei Monaten irgendwo vorstellen und überall selbstständig *Pomfritz* bestellen.

Pomfritz - das ist immer noch das einzige Wort, das ich in der Sprache des gelobten Landes richtig aussprechen kann. Deshalb nennen mich hier mittlerweile auch alle einfach *Pomfritz* - also, die Typen, die mich kennen.

Richtig schreiben habe ich sowieso nie gelernt ...

Aber wie hat die Frau mich verwöhnt, mich verhätschelt! Und angehimmelt! Scheißdreck. Machte mich zu was Besonderem. Hat mir Klamotten und Zeug gekauft ... Zeug ... alles vom Feinsten ... Scheißdreck.

Ich bin nichts besonderes.

Nicht damals und nie.

Damals war ich nur blind. Ließ mir den goldenen Löffel reinschieben. Die Wünsche, (die ich gar nicht hatte), von den Augen ablesen. Machte mich abhängig. Passte. War ein Depp, der sich alles mögliche einbildete, noch glaubte, dass alles irgendwie so weiterginge ... bevor die Wirklichkeit zuschlug und zeigte, was ich in Wahrheit bin. Nur ein abgefuckter Depp, der sich in die Hosen pisst. Eine traurige Witzfigur, die alleine keinen Fuß vor den andern kriegt. Ein Versager, der nicht mal für sich selbst sorgen kann.

Ausreden erfinden, andern die Schuld zuschieben, sich als Opfer hinstellt. Und abhängig bleiben!
Darin bin ich echt gut.

(Sich selbst was vormachen - und so, dass es kein anderer merkt - bis man es selbst als erster merkt - und nur zufällig. Auch das ist eine Kunst!)

Für die Bösen unter euch:
Willst du wissen, aus welchem Holz jemand geschnitzt ist? Dann entzieh ihm jede Zuwendung, jede Zuflucht und jeden Schutz. Nimm ihm alles ab, was er nicht aus eigener Kraft verdient hat. Und dann wirf ihn ins Leben und sieh, was er alleine zustande bringt.

Gut?

- FALLEN -

Wo bin ich hier eigentlich? Ach ja, stimmt. Im Rettungswagen. In den Armen der Straße. Liege, schaukle. Liege und schaukle noch hin und her, bin noch nicht am Ziel.
Noch fahren wir, haben noch nicht angehalten.
Gut, weiter - bevor ich wieder die Besinnung verliere.

Also, ich hatte mittlerweile anderthalb Jahre bei dieser Frau gelebt. Und von ihr. Mitsamt dem Mops. Und wie im Paradies. Und da ...

Dass sie nie wollte, dass ich mir einen Job suchen ging - meine Ausrede.

Und da ... Sie hatte nie viel gegessen. Anders als der Mops. Der fraß unverändert seine großen Portionen. Aber sie ... jetzt aß sie gar nichts mehr. War wohl schon länger krank, als ich wusste. Konnte es jetzt nur nicht mehr vertuschen. Krebs im Bauch. Konnte nicht mal mehr alleine aufstehen. Hielt sie fest, trug sie ins Bad, aufs Klo, auf die Couch. Sagte dann immer:

Ach, Eric ... Sah mich dann immer so traurig an - meinetwegen, nicht ihretwegen. Und der Mops hockte dabei zwischen uns und winselte.

Diese Frau war schon merkwürdig. Machte überhaupt keine Zicken. Trotz der Schmerzen. Trotz allem. Hatte das alles wohl kommen sehen. Natürlich!

Deshalb ich. Deshalb das Verhätscheln.

Passte.

Sie weinte nicht mal. Nur ich. (War ja ein lauschiges Plätzchen bei ihr - ein Plätzchen, dass ich verlieren würde, wenn sie ...) Sie tröstete mich.

Ich sei noch jung. Und hier, im gelobten Land, hätte ich schließlich sooo viele Möglichkeiten - nach ihr und ohne sie.

Mein Gott, wie selbstlos! Und ich dachte nur an die Watte, in die mich diese Frau die ganze Zeit gepackt hatte. (Der Mops übrigens auch.)

Ich war die ganze Zeit bei dieser Frau.

Bis kurz bevor sie starb.

Im Krankenhaus.

Mit zweiundfünfzig Jahren.

Ging verdammt schnell. Fiel zusammen, fiel auseinander wie faules Holz. Ging einfach kaputt.
Dauerte nur ein halbes Jahr.
Schlimm sowas zu sehen.
Und noch bei jemandem, den du gern hast.
Tat mir sehr leid.
Und nicht nur, weil ich mit ihr auch gleichzeitig alles andere verlieren sollte - die feinen Klamotten, mein lauschiges Plätzchen ... Verlieren ... ach, was machte das schon groß? Hatte ja zwei Jahre gelebt wie im Paradies. Und ganz auf Kosten dieser Frau. Na ja, kam dafür halt jetzt die Retourkutsche ... Und ich bekam den Arsch nicht hoch, kam einfach nicht alleine klar. Als Fremder im gelobten Land. War dem Ganzen nicht gewachsen, war aufgeschmissen.
Und das war's. Mehr sag' ich dazu nicht.
(Und ihren Namen wird niemand je erfahren. Den behalte ich bis zum letzten Wort, zum letzten Atemzug.)
Aber irgendwas verlieren, mal ehrlich ... was kannst du schon verlieren in dieser Welt? Nichts.
Das Leben? - Ein Traum, ein Alptraum?
Sahne? Kotze?
War diese tote Frau tatsächlich mal meine Frau?
Glücklich? Unglücklich? Es macht keinen Unterschied.
War ich, ein Säufer und Häufchen Elend, tatsächlich mal ein verheirateter Mann?
Würdevoll? Würdelos? Es macht keinen Unterschied.
Wer war diese Frau, die (für mich, für sich) noch etwas Zärtlichkeit aus ihren letzten Monaten holte?
Begeistert? Gleichgültig? Es macht keinen Unterschied.
Wer ist der Gefangene, der durch diese hohlen Augen auf die schmerzhafte Welt sieht?
Hilflos? Stark? Es macht keinen Unterschied.

Wohin wankt dieser sturzbetrunkenen Schatten auf diesen Beinen durch die dunkle Kälte?

Zur Tankstelle? Zum Friedhof? Es macht keinen Unterschied. Denn wir sind ausgeliefert. Jede Sekunde und jede Stunde, in der wir leben.

Wir alle sind Ölflecke, verspritzt auf Beton.

Erbärmlich? Erbarmungswürdig?

Es gibt keinen Unterschied, keinen Halt im Zeitstrom.

Und doch hab ich irgendwas verloren … irgendwas … Aber das hat nichts zu tun mit anderen Leuten oder irgendwelchem Zeug. Nichts mit dem, was andere mir weggenommen haben. Nichts mit dem Betrug und den Drohungen, die ich längst hinter mir habe. Den Schlägen und Tritten, die auf der Straße zwischendurch kassiert habe. In die Fresse, in den Bauch.

Für mein besoffenes Maul, mein dummes Geschwätz.

Bedeutungslos.

Es hat alleine zu tun mit dem Tod dieser Frau.

Da ist irgendwas … ich weis es nicht … irgendwas … Liebe? Nein, ich hab diese Frau nicht geliebt. Verlust? Ich vermisse sie nicht. Und trotzdem …

Ich war die ganze Zeit bei ihr, die ganzen Monate vorher. Aber ich durfte nicht dabei sein, als sie starb.

Ihre Kinder!

Sie haben mich vorher rausgeschickt. Ihr Sohn und ihre Tochter. Waren plötzlich aufgetaucht. Von irgendwoher. Und die beiden haben mich genötigt, dass ich fortgehe - von ihrem Bett, in dem sie gerade starb. Habe nicht mal protestiert, habe mich einfach abschieben lassen. War ganz neben mir, konnte das Ganze gar nicht begreifen. (Und begreife es bis heute nicht.)

Weis noch, habe dann alleine auf dem Gang gestanden und gewartet. War furchtbar.

Und dann bin ich einfach fortgegangen. Wollte nicht mehr, bin abgehauen.

Vorbei.

Und jetzt?

Da saß ich zuhause in ihrem Häuschen, am Schlafzimmerfenster. Saß ganz still, starrte lange auf die Dachrinne vom Nachbarhaus.

Die Dachrinne hatte eine kaputte Stelle, tropfte.

Ich sehe noch immer die Dachrinne mit ihren Tropfen, wie sie fallen, fallen … sehe fallen, was ich nicht begreifen kann.

Und ich sitze stumm, streichele dabei in einer Tour den Mops, der wie ich keinen Mucks macht. Bescheid weis.

Die Frau war tot.

Vorbei die schönen Tage.

- SCHLÜSSEL? -

Warum rast der Rettungswagen, rasen wir eigentlich so dahin? Warum müssen andere für meine Dummheit einspringen? Warum will man mich retten?

Ich will doch gar keinem Ärger machen.

Ach, soviel Wirbel um einen einzigen Deppen!

Lasst mich doch … haltet an und ladet mich aus am Straßenrand. Oder noch besser: Werft mich irgendwo in die Hecken. Ich bin euch deshalb bestimmt nicht böse … bin niemandem böse … habe keinen Hass … gegen die Typen, die mich vermöbelt haben … auch nicht gegen die beiden Kinder dieser Frau.

Kamen schon ein paar Stunden später an, benutzten den Schlüssel ihrer toten Mutter. Gingen ungestört rum zwischen mir und dem Mops, machten sofort klar, was

sie wollten. Wühlten alles durch, sagten dauernd: *Dasss! gehört mir.* Und: *Dasss! gehört mir.*
Sehr gierig.

Nun, taten halt, was sie für richtig hielten.
Würde jeder.

Ich zuckte nur die Achseln. Wenn das so war ... sollten doch nehmen, was sie wollten ... wofür kämpfen um den Plunder einer Toten?
Hatte ja keine Ahnung, wem diese Frau hier was vermacht hatte. Zuckte also nur die Achseln, setzte den Mops auf den Boden und legte mich ins Bett, zog mir die Decke über den Kopf. Wollte eigentlich in Ruhe schlafen, aber hörte dauernd ihre Stimmen.

Eine Weile standen ihre Kinder noch vorm Schlafzimmer rum, diskutierten miteinander. Dann hauten sie ab, fiel unten die Haustür zu.

Endlich konnte ich in Ruhe schlafen. Meinte ich.
Aber nicht lange und unten ging wieder die Hautür auf. Und man trampelte die Treppe rauf. Direkt zu mir ins Schlafzimmer. Scheuchte den Mops hoch, dass er knurrte. Machte mich wach, holte mich mitten aus meinem Traum von Punta Cana - meiner alten Heimat: Da war eben noch Carlos Suarez, Hurensohn, der grinste und mir winkte ... Und da standen schon der Sohn und die Tochter vor dem Bett. Hatten überhaupt keine Zeit, redeten auf mich ein. *Kommen Sie! Stehen Sie auf!*
Okay, tat ich. Und bekam vom Sohn direkt das Blatt Papier, dazu das Geld unter die Nase gehalten.

Hier, zur Unterschrift.

Wie? Unterschrift? 1000 Euro? Ach, so war das also? Konnte erst nur das Maul aufsperren und große Augen machen. Hatte ja damit gerechnet, dass man mich hier bald rausschmeißen würde - aber so schnell ...

Andererseits ... War eigentlich kein schlechtes Angebot, gar nicht schlecht. Wenn man bedenkt .... Hatte ja eh schon gedacht, man würde mich einfach so rausschmeißen. Ohne irgendwas. Na, umso besser.

Konnte meinen Kaffee in Zukunft auch woanders trinken, statt in diesem hübschen Häuschen. Störte mich nicht weiter. Unterschrieb also das Blatt Papier und nahm die 1000 Euro.

Schlüssel? fragte der Sohn.

Ich zeigte auf den Nachttisch. Und er schnappte den Schüssel fürs Häuschen, trieb mich an zur Eile.

Gehen Sie! Hinaus!

Was sonst?

Ich zog schon meine neuen Schuhe an, packte einen Teil von meinem Plunder in die Sporttasche, steckte das Geld ein. Die Tochter wich mir dabei nicht von der Seite, kontrollierte genau, was ich einpackte.

Ein paar Hemden, Hosen ... Rasierzeug ... Und keine Armbanduhr. Passte.

Dann hatte ich alles. Durfte abhauen. In den guten Klamotten, die mir diese Frau gekauft hatte. Denn damit konnten die Kinder natürlich nichts anfangen.

Nur der Mops, der dableiben musste, tat mir ein bisschen leid. Winselte, als ich ihn zum Abschied streichelte. Sprang mir hinterher, während der Sohn und die Tochter anfingen das hübsche Häuschen weiter umzukrempeln. Habe den Mops weggedrückt, wollte die Haustür schnell zumachen.

Aber der Mops knurrte, wollte ums Verrecken nicht allein hierbleiben, verbiss sich in meinem Schuh, wollte unbedingt mit.

Was tun? Gut. Also nahm ich den Mops, steckte ihn kurzerhand in die Sporttasche und nahm ihn mit.

Gottseidank! Endlich war ich diese aufdringlichen Leute los, ging erleichtert los. Gottseidank!

Kein einziges mal sah ich mich um, ging davon. Immer die Vorortstraße entlang. Und raus aus dem Ort. Mit der Sporttasche und dem Mops. Nur, wohin?

Nie hab ich Pläne gemacht, hab nie nachgedacht, was ich als nächstes tue. Warum? Nachdenken ist sauer, das liegt mir nicht. Man redet und bildet sich zu schnell was ein. Und man macht und tut, aber kriegt es nicht hin. Kriegt ums Verrecken nicht hin, was und wie man es will.

(Außerdem kommt es sowieso anders. Du strampelst, du brichst dir einen ab. Aber was das Schicksal dir zuteilt ... *Sei ruhig deines Glückes Schmied* - wie das gelobte Land es dir predigt. ,*Dort oben*‘ weis man es besser. Mein Wort.)

Da war ich also, saß vor der Tür, wusste nicht wohin. Musste mich zum ersten mal um mich selbst kümmern. Ein Fremder in einem fremden Land, der nicht mal halbwegs die Sprache des gelobten Landes verstand. Gerade mal seinen Namen und das Wort *Pomfritz!* auf die Reihe bekam.

(Sicher, selber schuld! Weis ich und gebe ich zu. Gebe alles zu.)

Tja, wohin?

Mit 1000 Euro ist das nicht so schwierig. Damit kommt man unter, verschafft sich Luft - für ein paar Wochen ... Was danach kommt ... wer will dran denken?

Also ging ich in die Stadt. Mitsamt Sporttasche und Mops. Suchte ein Plätzchen zum Unterschlüpfen. Suchte und fand ein billiges Hotel. Das lag direkt neben einer Reifenwerkstatt. Stank dort gewaltig nach Gummi. Egal. War billig. Vermieteten dafür dort Zimmer für

25 Euro die Nacht.

Passte.

Also, dann.

Hinterm Tresen hing ein alter Knacker, qualmte einen Stumpen. Daneben hockte ein kleines Mädchen, das in ein Heft schrieb, gar nicht hochguckte. Dafür guckte mich der Alte umso gründlicher an. Erst unsicher, dann ganz erwartungsvoll. Stand sogar auf.

Wer nach was Besonderem aussieht, bekommt auch eine Extrawurst angeboten.

(Das ist überall so. Aber besonders im gelobten Land.)

Das kleine Mädchen, das neben ihm hockte, guckte gar nicht, schrieb nur in ein Heft.

Wie lange, Meister?

Der Mops wusste schon, wie er sich hier anstellen musste, blieb völlig ruhig. Und so kam er durch und mit mir ins Hotel. Heimlich. In meiner Sporttasche.

- AUSGESPERRT -

Wann das mit der Trinkerei angefangen hat?

Wie? Wer fragt? Bist du es? frage ich.

Aber meine Seele bleibt stumm, versteckt. Zu scheu, zu empfindlich, um aus der Dunkelheit vorzukommen, mir offen ins Gesicht zu sehen, noch einmal zu fragen.

Und ich stehe, gucke lange ins Dunkle, weis auch so, wer gefragt hat und gebe die Antwort:

Genau hier, als ich ein paar Wochen lang in diesem billigen Hotel gewohnt habe. Da fing es an mit der Trinkerei.

Ich weis, ich weis! Das Trinken ist verantwortungslos und dumm. Es ist schwach und es ist feige.

Ein Mann in meiner Situation hätte ... Hätte!
Leicht gesagt.

Aber wohin mit den Gefühlen? Was kannst du tun, wenn dein Herz überläuft? Wenn du nicht mehr weist, was hinten und vorne ist? Wer gibt dir die Kraft dich aufzurappeln? Wer hört dir zu, wenn du niemanden hast, bei dem du dein Herz ausschütten kannst?

Sicher, ich redete zu dem Mops. Aber sein Verständnis war leider nur ein schwacher Trost. Da half mir der Stoff eindeutig mehr, betäubte mein Herz.

Haustiere helfen vielleicht bei einsamen oder alten Leuten, helfen vielleicht gegen Verletzungen in der Selle. Aber nicht bei denen, die sich in den Dreck werfen, weil sie ihrem Wert und ihre Würde nicht kennen.

Da saß ich dann auf einer Bankbank am Rhein, soff Wein im Tetrapack, fütterte und streichelte dazu den Mops. Tag für Tag. Ein paar Wochen lang.
(Nahm den Mops immer mit unter der Jacke. Schnell raus aus dem Hotel und schnell wieder rein.)

Wie schnell die 1000 Euro erledigt waren - ich habe das gar nicht bemerkt. Erst beim Bezahlen im Supermarkt. Hatte keinen einzigen Schein mehr in meiner Tasche. Na, gut. Brachte ich den Ehering zur Pfandleihe. Gaben mir sogar 50 Euro dafür. Versoff ich sofort an der Tanke, gab dem Mops, den ich noch immer mitschleppte, eins von den alten Würstchen, dass die an der Tanke hatten. Fraß zwar das Würstchen, aber wurde langsam unzufrieden, knurrte.

Im Hotel war ich bald auch unten durch.
Da passte dann irgendwann auch der Schlüssel fürs Zimmer nicht mehr ins Zimmerschloss.

Der alte Knacker hinterm Tresen qualmte ungestört seinen Stumpen. Guckte mich nicht mal mehr an.

Das kleine Mädchen sowieso nicht.

Wurde ja langsam schmuddlig und wankte rum.

Wer nach nix aussieht, bekommt auch keine Extrawurst angeboten. (Wie überall. Aber besonders im gelobten Land.)

Da stand ich vorm Tresen, wollte wissen, was mit meiner Sporttasche sein. Aber der alte Knacker lächelte nur und schüttelte den Kopf.

Und da passierte es. Der Mops unter meiner Jacke machte sich plötzlich bemerkbar, streckte den Kopf raus, suchte seine Chance und winselte.

Das kleine Mädchen war sofort bei der Sache, kam her, streichelte den Mops.

Opa, guck mal, wie süüüß!

Ich verstand, dass der Mops ihr schöne Augen machte, mich fallen ließ und sich ihr anbot. Verstand ich.

Ein kleines Mädchen ist für einen Hund sicher eine gute Wahl. Besser, als ein großer Junge, der nicht mal für sich selbst sorgen kann.

Noch einmal streichelte ich den Mops, der meine Hand leckte, mir damit alles Gute wünschte.

Was für ein netter kleiner Heuchler. Passte.

Das war der Abschied, die Trennung von der letzten Kreatur, an der mir noch etwas lag. Einem kleinen Hund, der die Schnauze voll hatte. Vom Rumziehen. Vom Versteckspiel. Von meinen alten Würstchen an der Tankstelle. War ja ein verwöhnter Schoßhund, der vorher immer nur das Beste vom Besten kannte …

Und mir stand das Wasser in den Augen, während der Alte mir meine Tasche mit meinen Plunder hinwarf. Im Tausch für das Tierchen, das das kleine Mädchen sofort adoptierte. Mich nicht.

- BROT -

Der Rettungswagen schaukelt, die Sirene macht Krach. Wir sind noch nicht im Krankenhaus, fahren noch.

Gut so, kann ich noch ein bisschen schwatzen. Denn wenn wir erst ankommen, das weis ich, werd ich mein Maul nicht mehr aufmachen. Und nie wieder.

Also weiter -

Den Mops war ich los, mein Plätzchen futsch.

Da stand ich draußen auf dem Gehweg, drehte meine Taschen um, fand dort Fusseln, Tabakkrümel und genau ... 2,48 Euro. Mein ganzer Besitz. Außer den schmuddligen Klamotten auf meinem Leib und der Sporttasche mit dem übrigen wertlosen Plunder an Klamotten.

Jetzt war es also soweit. Ich hatte nix mehr. Keinen Freund, kein Geld und kein Plätzchen, wohin ich noch gehen konnte. Ich war runtergekommen, pleite und obdachlos. Und alles ganz plötzlich. Aber das alles war nicht das Schlimmste. Das Schlimmste war, dass ich auf einmal den Rührseligen bekam.

Was hatte ich hier eigentlich zu suchen? Was wollte ein Depp wie ich nur hier, im gelobten Land? Tausende von Kilometern fern von der Heimat. Warum war ich nicht zuhause geblieben?

Und ich schämte mich nicht nur, ich bekam auch schreckliches Heimweh. Nach Punta Cana, nach meinem früheren Job als Hotelfahrer. Sogar nach Carlos Suarez - Hurensohn. Wie gern hätte ich ihn in den Arm genommen ... Stattdessen ... Schlecht, sehr schlecht!

Der verlorene Sohn jammert, sieht die hässlichen Tatsachen seiner Fehler. Der Arme macht sich endlose Vorwürfe, fühlt Scham und Heimweh. Dabei ist die Sache so einfach. Es braucht nur eine Frage.

Was brauche ich?

Ganz einfach, du braucht nur etwas zu trinken. Du brauchst deinen Mund nur an eine Flasche zu halten, brauchst nur den Stoff zu schlucken - den Stoff aus dem die Träume sind. Und schon bist du frei von deinem irdischen Schicksal, Bruder - für ein paar Minuten, einen göttlichen Augenblick lang.

Bis du den nächsten Schluck brauchst.

Aber selbst was zu Trinken, selbst die billigste Bierdose kostet 39 Cent. Und von 2,48 Euro wird man nicht voll. Zumindest braucht man zwischendurch ein Plätzchen, wohin man sich danach hinhauen und schlafen kann. Und das hatte ich nicht mehr.

Also musste ich nachdenken.

Wie weiter?

Jetzt war ich also geliefert, stand nichts mehr zwischen mir und meinem Selbstmitleid, der letzten Zuflucht der Feiglinge, die sich für die Größten halten.

Aber wir Feiglinge sind nicht die Größten, wir sind keine Opfer. Wir sind nicht mal außergewöhnlich. Wir sind nur selbstgerechte Deppen und Schwächlinge, die ihre Fehler bei andern suchen. Punkt.

Aber ich bin nicht so. Nicht ich.

Ich weis, dass ich ein Feigling, ein Depp und Schwächling bin. Und dafür gebe ich niemandem die Schuld. Nur mir! (Vielleicht bestrafe ich mich gerade deshalb. Aber auch das ist natürlich wieder selbstgerecht ... Und so kommt man doch nicht los von der Schuld. Schlimm, schlimm ...)

Weis noch, bin damals die ganze Nacht so rum, so durch die Stadt, hierhin und dorthin. In Sackgassen und wieder raus. Hab da und dort meine Nase um Hausecken gesteckt, in gelbe Fenster geglotzt.

Ein Mann ohne Geld und Freunde hat keinen Platz, wohin er gehen kann. Ein Trunkenbold, der alles versoffen hat, kann nur noch auf die Gnade anderer hoffen. Ein Depp, der nicht vorsorgt, ist aufgeschmissen.

Irgendwann am nächsten Mittag kam ich am Bahnhof an. Nach dem Abend, der Nacht vorher, dem Morgen, in denen ich umherging. Ziellos. Auf Bänken, Treppenstufen saß. Döste. Nicht wusste. Weiterging. Mit leerem Bauch. Mit leerem Schädel. Dumm.

Ich weis noch, auf einmal ging eine Seitentür auf.

Dort trug irgendein Typ mit Brille und Gummihandschuhen einen schweren Müllsack raus.

Und dann sah ich über der Tür das rote Kreuz.

Das war die Bahnhofsmission.

Ganz langsam ging ich zur Tür, wartete bis der Typ von der Mülltonne zurückkam.

Ich brauchte gar nix zu sagen. Der Typ guckte mich nur kurz an. Dann nahm mich mit in die Mission.

Und der Himmel ging auf. Dort drinnen. Mit der Wärme, dem Licht und den Gerüchen. Nach Kaffee, nach warmem Essen, nach Erholung.

Aber die Tische waren schon leer, dafür stellenweise noch verkrümelt und verkleckert.

Für heute war ich zu spät dran. Eindeutig.

Der Typ mit der Brille ließ mich hinsetzen, verschwand im Gang, der zur Küche führte.

Ich saß stocksteif am Tisch, wartete, sah zum Gang, hörte, wie eine Frau dort schimpfte. Bevor einen Moment später ihr Kopf aus der Küche auftauchte, sofort wieder verschwand.

Dann kam schon der Typ mit Brille zurück, brachte einen Teller mit Brot. Dazu Käse.

Das war das Paradies, und der Typ ein Engel.

Damals hab ich noch alles verdrückt.
Heute, mit dem Suff, dem Bier und Schnaps, ekelt mich das Essen. Schon der Geruch und dann das Kauen ... Ich krieg fast nix mehr runter.

- STAATSBÜRGER -

Irgendwo reinkommen ist oft einfach, passiert ganz von selbst. Aber dort wieder rauskommen, (dazu lebendig) das ist oft unmöglich.

Du kannst durch jede Tür gehen, durch die du gehen willst. Das steht dir völlig frei. Aber du kannst nicht hoffen, dass diese Tür hinter dir offenbleibt. Du kannst den Weg nicht mehr zurückgehen, kannst dort keinen Ausgang mehr finden. Denn die Tür ist zu. Für immer.

Geh durch die Tür, durch die du gehen willst. Aber wenn du durch *deine* Tür gehst, musst du *deinen* Weg dahinter auch bis zum Ende gehen.

Durch die Zeit.

Gegen alle Widerstände.

Gegen dein Herz.

Gegen die Verlockung.

Zur Not gegen alle und alles.

Unerbittlich. Und quer durchs Verhängnis.

Bis zum Ziel.

Das ist das Gesetz der Entscheidung:

Keine Gnade für den, der von seinem Weg abweicht.

Und das ist alles.

Und dieses Gesetz hab ich lange nicht verstanden. Hab immer gedacht, man könnte jederzeit umkehren, könnte einfach abhauen ... aber man kann nicht!

Es holt dich. Immer.

Und es nimmt dich hoch, lässt dich zappeln. In Ohnmacht und Wut. Bevor es dich gegen eine verpisste Mauer wirft, zurücklässt in Bitterkeit und Zweifel. Dann darfst du kriechen ...

Als ich zum ersten mal bei der Bahnhofsmission aufgetaucht bin, glaubte man dort wirklich, ich sei ein Flüchtling aus Afrika. Bis ich dem Sozialarbeiter meinen Pass zeigte. (Wenn ich nur ... Dachte mir dabei gar nix! Muss man nix verstecken und wird gefragt, zeigt man ja, wer man ist.)

Aber da lag der verdammte Pass vom gelobten Land. Mit meinem Bild und meinem Namen. Gültig.

Und damit war ich geliefert, mein Urteil gesprochen.

Pomfritz!

Da war nix mehr mit meiner Hoffnung auf Zuhause, mit meiner Heimkehr nach Punta Cana. Geplatzt.

Ich gehörte hierher, ins gelobte Land. Ganz klar.

Man hat mir das damals sehr gut und sehr ausführlich erklärt. Also, ein Staatsbürger ist ein Staatsbürger.

Und jemand, der einen Pass des gelobten Land besitzt, ist somit Staatsbürger des gelobten Landes. Und das auf Lebenszeit. Außer jemand hat genug Geld. Dann kann er auch Staatsbürger eines andern Landes werden. Aber auch das kann Jahre dauern.

Staatsbürger sein, das ist schließlich eine ernste Sache und keine Unterhosen, die man einfach mal so wechselt. Dazu gehört mehr, viel mehr ... Es sei denn, man heiratet ...

Genug!

Ich hatte verstanden: *Pomfritz!*

Ich wollte heim ...

Wie schön, wie wunderbar war es doch zuhause! In der alten Heimat, im guten alten Punta Cana war ja alles soviel einfacher und leichter - für einen Deppen wie mich ...

Warum hatte ich damals nicht die 1000 Euro ... Jetzt war es zu spät. Ach ... das Bedauern. Und die Reue.
Jetzt musste ich hierbleiben. Mein Pech. Passte.

Pomfritz!

Und das gelobte Land sorgte für mich. Gab mir sogar jeden Monat Geld. Und fast ganz umsonst.
Nur ein einziges mal musste ich einen Kittel von der Straßenreinigung anziehen und einen Besen anfassen. Ganz am Anfang. Für eine halbe Stunde.
Dann sah man, dass ich den Besen vor lauter Zittern nicht mehr halten konnte, den Dreck nur verteilte.

Seither hat man mich mit Arbeit in Ruhe gelassen.
Leider war das Geld, das man mir gab, immer zu wenig, um das gelobte Land wieder zu verlassen. War gerade genug, dass ich mich ab und zu volllaufen lassen, mir selber entkommen und mich langsam fertig machen konnte. Bis hierhin. In einen Rettungswagen.

Heimkehren, nach hause kommen in eine heile Welt ... der Traum eines bescheuerten Säufers mit verbrannten Gliedmaßen. Nicht mehr ganz bei Besinnung und nicht mehr zurechnungsfähig.

Pomfritz!

- UNTEN -

Ja, fahrt zu ... fahrt schneller. Bringt mich ruhig ins Krankenhaus. Gerettet werden ... Ihr werdet mich nicht retten. Muss auch nicht, muss nicht sein.
Ich weis es und ihr wisst es auch: *Manche Menschen kann man nicht retten! Sie müssen untergehen!*

Aber ich verstehe, dass ihr es versuchen müsst ... versuchen ... Auch ich habe versucht eine Weile durchzukommen. Und bin durchgekommen.

Bis hierher.

Zu euch.

Mit handfester Betäubung.

Mit Bier und Wein und Schnaps.

Wenn nur das Heimweh ...

(Aber man kann das Unvermeidliche nicht aufhalten. Dinge passieren. Ob so oder so. Man kann sie nicht verhindern. Sie passieren. Mit mir, mit dir, mit allen. Der eine hat Glück, der andere Pech. Der eine wird belohnt, der andere zerquetscht - bei gleicher Chance.)

Bestimmt gibt es im gelobten Land noch andere Männer aus Punta Cana. Und denen geht es blendend.

Glück, Pech? Na, und? sag ich. Na, und!?

Was mir passiert, hat nichts zu tun mit Gerechtigkeit. Und manchmal nicht mal etwas mit Schuld.

Tu, was du kannst, sei, wie du willst - Dinge passieren und Dinge treffen. Mich, dich, alle. Komm damit klar oder geh dran zugrunde. Das liegt ganz bei dir. Fertig.

Und doch sagt die Wahl deiner Richtung Vieles, zeigt schon die Wurzel, was aus dem Boden wächst.

Denn dort wird das Erste zum Zweiten, kommt aus der Wurzel der Trieb - und zieht das Dritte nach sich.

Die Saat gedeiht ... ob so oder so.

Versteh, es gibt keine schlechte Saat. Aus jeder Saat kann das Beste oder Schlechteste kommen. Es hängt allein an der Pflege.

Selbst ein Depp, wie du, ahnt diese Zusammenhänge. Aber du steigst nicht dahinter. Bis es für dich zu spät ist, etwas an deinem Weg zu ändern - wenn du an deiner Wurzel schon nichts mehr ändern kannst!

Du willst es also wissen?

Bist du sicher, ja?

Bist du sicher, dass du dafür schwach genug bist? Nicht stark, sondern schwach! Schwach genug, um zu ertragen, dass du nur ein hilfloser Depp bist? Dann, los!

Dreh alles auf den Kopf, stülp deine Socke von außen nach innen, zerschlag diesen verdammten Spiegel.

Und, merkst du etwas? Spürst du schon den Depp in dir? Du kommst der Sache immer näher. Noch ein bisschen mehr und ....

Kapierst du es jetzt? Man hat dir das Falsche beigebracht! Genau umgekehrt wird ein Schuh draus.

Such nur das Schöne und du wirst das Hässliche finden. Gerade erst recht!

Vermeide das Schlechte und du wirst das Schlechte erhalten.

Gerade deshalb!

Geh dem Hindernis aus dem Weg und du fliegst auf die Schnauze.

Ausgerechnet!

Noch eben sind deine Aussichten die reine Offenbarung. Im nächsten Moment dein Untergang.

Oh, nein! - Oh, ja! *Pomfritz!* Aber genau!

(Glück, Pech? Zufall? Ich frage: Trifft das Unvermeidliche nicht vor allem die, die sich selbst im Weg stehen? Sich vor dem Leben und seinen Entscheidungen drücken? Also, wirklich Zufall?)

Nein, ich konnte mich nicht länger vor meinem Selbstmitleid schützen. Nicht auf Dauer. Nicht mehr. Wer sich selbst im Weg steht oder vor dem Leben drückt, braucht auch eine vernünftige Dauerausrede. Und welche Dauerausrede ist schon besser und stichhaltiger) als Alkoholsucht? (Und billiger!) Passte.

Wenn nur nicht das Heimweh …

Mit diesem Ausweis der Unfähigkeit in meiner Tasche half man mir im gelobten Land natürlich weiter.

Menschenpflicht.

Hier lässt man keinen Menschen einfach verrecken. Hier hilft man einem Menschen, wie es einem Menschen zusteht. Selbst den Hoffnungslosen. Verhilft ihnen zu einem menschenwürdigen Leben.

Barmherzigkeit kennt im gelobten Land keine Grenzen. Natürlich musst du auch für diese Hilfe Regeln beachten. Wenn dir das stinkt … Dein Wille ist unverletzlich. Die Hände der Fürsorge sind keine Fäuste. Du kannst jederzeit gehen. Nur wohin? Ohne Geld. Unter die Brücke? Und woher kriegst du dann das Geld für deinen Stoff?

Wenn Barmherzigkeit auch keine Grenzen kennt, das Verständnis anderer für deine Sucht kennt sie.

Bettle dir doch mal genug Cents zusammen, um dich volllaufen zu lassen. Bis du da endlich voll bist …

Alles ist besser als die Straße.

Guck dir die Straße an. Die Straße lässt dich zehn mal schneller altern, als mit mit festem Obdach. Die Straße tritt dir in die Fresse und zündet dir den Schlafsack an. Die Straße ist ein Monster, frisst dich auf und scheißt dich aus in Nullkommanichts.

Selbst, wenn du längst am Ende bist, in der Hand der Fürsorge nimmst du wenigstens ein sanftes Ende. Ein Ende in Würde.

Meine neue Unterkunft im Wohnheim war ein kleines Zimmer mit einem winzigen Fensterchen.

War schön. Ehrlich.

Fast wie zuhause in Punta Cana.

Wenn nur nicht das Heimweh …

Man gab mir sogar ein Bett und einen Schrank.

Aber das Beste waren der Stuhl und das Fensterchen.

Auf diesen Stuhl konnte ich mich setzten und aus meinem neuen Fensterchen schauen.

Für Wochen, Monate, Jahre. Ganz bequem, ganz für mich und ganz umsonst.

Dazu im Warmen.

Und sogar besoffen hielt der Stuhl mich aus.

Wie oft bin ich besoffen aus dem Bett, von irgendeiner fremden Couch, von x Sitz- und Parkbänken gefallen! Bin sogar schon die Treppe am Bahnhof runtergefallen.

Aber von diesem Stuhl bin ich in den letzten drei Jahren kein einziges mal gefallen.

Egal, was passierte, egal, wie verrückt die Welt dort draußen auch war, auf diesem Stuhl saß ich sicher. Und gleichzeitig hatte ich noch einen erstklassigen Ausblick - aus dem Fensterchen. Auf eine Autobahn.

Dort rasten die Autos endlos hin und her. Immer hin und her. Und immer in zwei Richtungen. Die einen stadteinwärts, die andern aus der Stadt. Rasten wie die Wahnsinnigen. Jagten ihre Träume und Pläne, jagten das Versprechen, das das gelobte Land seinen Menschen gibt - von der Wiege bis ins Grab.

Für die einen lag dieses Versprechen in dieser Richtung, für die andern in der andern.

Und alle rasten dabei direkt vorbei an meinem Fensterchen. Mit ihren ganzen Träumen und Plänen.

Am Anfang machte mir das Zuschauen richtig Spaß. Hier saß ich, besoffen und machte mich lustig.

Wie sie dort unten alle hin und her rasten, ohne Sinn und Verstand. Für einen Haufen dummes Zeug, der zu überhaupt nichts führte.

Aber irgendwann …

Natürlich war dieses Treiben kompletter Unsinn, jagten diese Menschen tatsächlich alle nirgendwohin - außer weiter. Mit ihren unerfüllbaren Träumen und Plänen durch ihr unerfülltes Leben.

(Es gibt kein erfülltes Leben, keine Wunder und kein großes Glück. Wer das glaubt, ist wie die Katze, die ihren eigenen Schwanz jagt. Das Leben bietet keine Verheißungen. Nirgendwo. Es ist so furztrocken wie Staub. Überall. Seine Überraschungen sind meistens schlecht. Und am Ende bleiben nur Ernüchterung und Einsicht oder Enttäuschung und Verbitterung.)

Aber irgendwann ... bekam ich plötzlich Hirngespinste.

Wenn nur nicht das Heimweh ...

Und wenn das Versprechen doch stimmte? Wenn *jeder* sein Glück selbst bestimmen konnte?

Die Sache ging mir nicht mehr aus dem Hirn. Bis ich wirklich glaubte, dass ich mir von diesem Versprechen des gelobten Landes noch eine Scheibe abschneiden konnte. Ich, ein Säufer, der vom Gnadenbrot anderer lebte, verblödet aus seinem Fensterchen glotze. Ich, ein Depp, der sofort aus jedem Job geflogen wäre.

Da saß ich, ein Säufer und Depp, also auf meinem sicheren Stuhl, sah aus dem Fensterchen wurde unruhig und dachte:

Ach, das Leben rast an dir vorbei. Und du bist nicht dabei, sitzt hier, bist abgeschoben.

Und da draußen haben alle ihr klares Ziel, bekommen, was sie wollen oder kommen wenigstens irgendwo an. Nur du nicht.

So dachte ich.

Und ich spürte, wie meine Hirngespinste und mein dummer Traum von der schönen Heimkehr nach Punta Cana mich einfingen.

Meine Sehnsucht, mein Heimweh nach Punta Cana hat mich am Ende doch gepackt.

Und da bin ich auch zum ersten vom Stuhl gefallen - weil ich aufstehen wollte. Mit meinem Durst und den Hirngespinsten, die mir bald gesagt haben, was ich tun soll. Wie das mit dem Feuer. Ja.

- SCHNORRER -

Wenn du in einem Obdachlosenwohnheim lebst, ist Vieles anders. Man hilft dir bei deinem Elend, aber man verlangt dafür auch etwas von dir.

Es gibt eine Hausordnung, darin steht ein eisernes Gesetz, und daran musst du dich halten.

Und das eiserne Gesetz, von brutalen Gutmenschen erfunden, sagt: Alkoholverbot.

Das kümmert praktisch zwar keine Sau. Aber wehe, du wirst von der Heimleitung erwischt, torkelst rum oder man findet Stoff in deinem Zimmer! Kommt das wiederholt vor, kannst du sogar aus dem Heim ausgeschlossen werden. Ist alles schon passiert. Zwar selten, aber immer mal wieder.

Also musst du als Bewohner immer auf Zack sein, musst unbemerkt saufen und dich notfalls zusammenreißen, auch wenn du vielleicht sternhagelvoll bist.

Mach hier keine Wellen, kapiert?

Das ist gar nicht so einfach, wenn du zu denen gehörst, die Saufen. Und bei uns säuft mehr als die Hälfte aller Bewohner.

Bei den Meisten von uns läuft das Ganze so:

Hast du Geld, dann kaufst du Stoff.

Du kaufst z.B. sechs Dosen Bier und eine große Flasche Weinbrand - natürlich die mit dem edlen goldnen Etikett. Das Bier zum Nachspülen, den Weinbrand ...

Das ist ein Stoff. Sehr sehr begehrt. Zieht sich ins Hirn, wie eine Schraube ins Holz.

Wer davon nur ein paar mal trinkt, kann mit nackten Engeln tanzen. Trink eine halbe Flasche und du kannst mit offenen Augen durch eine Glasscheibe gehen. Trink eine ganze und du verlierst völlig deinen Verstand - und verliest ihn sogar mit Wonne.

Also, kauf den Stoff, verpack ihn gut in deine Taschen. Die Reißverschlüsse zu, hoch die Kapuze. Denn draußen weht der Wind und es regnet.

Jetzt geh langsam. Zurück ins Heim. Und nicht stolpern mit deinen vollen Taschen. Mach den Stoff unterwegs ja nicht auf. Brauchst du einen kleinen Kick, dann hol dir vorher noch einen Kurzen und trink dazu ein Bier. Ganz auf die Schnelle. Im Weitergehen.

So, das reicht, bis du mit deinen Schätzen zum Heim kommst. Gut. Und jetzt geh ganz normal, lass dir nichts anmerken von deinen vollen Taschen mit deinen heißbegehrten Schätzen.

Lach nicht, Depp! Das ist ernst. Wirst schon sehen ... Und rauf auf dein Zimmer. Tür zu, Schätze abstellen. Nicht auf den Boden, du Depp. Auf den Tisch.

Okay, bis hierher hast alles richtig gemacht.

Aber das will noch längst nichts heißen.

In einem Heim (besonders für Obdachlose) bleibt nichts unentdeckt. Selbst wenn die Heimleitung schnarcht, die andern Bewohner schnarchen nie, liegen immer auf der Lauer.

Du kannst noch so vorsichtig durch den Gang schleichen, deine Schätze noch so vorsichtig an den andern

Zimmer vorbei schmuggeln … Dass keiner was mitbekommt von deinen Einkäufen, da kannst du dir nie sicher sein. Niemals!

Ob es diesmal geklappt hat? Du wirst es schnell rausbekommen. Sehr schnell.

So, jetzt hock dich an den Tisch, pack deine Schätze aus. Nicht doch so hastig! Ganz locker. Erst durchatmen. Und genieß erst mal den Anblick dieser wundervolle Flasche Weinbrand. Gold. Alles Gold. Der Stoff, das Etikett, über das deine Finger streicheln.

Die reine Freude. Mit zitternden Fingern. Als wäre es dein erstes mal … oho!

Ist das nicht was? Sag, ist das nicht der Stoff, aus dem die Träume sind?

Mein Gott, wie behutsam und zärtlich du sein kannst! Noch ein Moment der Annäherung - anschmiegsam. Deine Finger auf dem kaltem Flaschenglas.

Gut. Jetzt kannst du die Flasche aufreißen. Hier, das dreckige Glas. Gerade gut genug für diesen Stoff.

Los, schenk dir einen ein, fang an zu saufen. Nimm einen tüchtigen Schluck von deinem flüssigen Gold. Du kannst es vertragen, brauchst es.

Oh, ja. Wie schön, wie wunderbar gemütlich. Ganz friedlich sitzt du. Allein mit dieser Flasche und diesen sechs Bierdosen. Allein mit deinen Hirngespinsten. Auf deinem Stuhl. Ein König auf seinem Thron, der in sein Paradies segelt. Heim, nach Punta Cana.

Noch bist du völlig begeistert, hast alle überlistet, bist der Herr deiner Flasche und deiner Bierdosen.

Aber nein, das bist du nicht. Auch diesmal nicht! Hör zu, Depp, wenn du Glück hast, packst du vielleicht ein Bier und kommst zum zweiten Glas an deiner Flasche. Wenn du Glück hast!

Aber dann ist es schon vorbei mit deinem Frieden.

Halt! Hier geblieben. Nix Paradies.

Hörst du? Hörst du nicht?

Es klingelt an deiner Tür. Und du weist, was das heißt.

Das Klingeln ist immer ein tödliches Zeichen.

So, Depp, jetzt hast du die Bescherung!

Was tun?

Sich tot stellen?

Das klappt nicht.

Schon hämmert man dir an die Tür.

Irgendwelche Ohren haben dich gehört, irgendwelche Augen dich gesehen. Und man weis.

Tja, dumm gelaufen.

Also, dann stell mal schön das Glas ab und ... Was soll das werden? Wo willst du bitte den Stoff verstecken? Jeder hier kennt deine Zimmerverstecke. Denn jeder hier kennt seine eigenen Zimmerverstecke.

Und wohin willst du selbst? Sei vernünftig. Du kannst nicht entkommen, sitzt in der Falle.

Hör zu, du hast gar keine Wahl.

Du kannst nur die Tür öffnen.

Sicher, deine schönen Minuten sind dann Geschichte und deine Schätze endgültig futsch.

Aber was willst du anderes tun?

Du bist doch ausgeliefert. Wenn du sie nicht mitlaufen lässt ... Du musst diese Schnorrer wohl oder übel mitsaufen lassen. Nur dann bist du sicher und wirst nicht erpresst. Also ...

Na, bitte. Dass du aber noch selbst was von deinen Schätzen abbekommst - das kannst du wohl knicken.

Denn schon schnappen fremde Hände nach deiner Flasche, grapschen nach deinen Bierdosen.

Ruhe bewahren!

Schau sie dir an, die lieben Nachbarn, deine selbsternannten Freunde - Schnorrer. Guck, wie sie über deine ganzen Schätze herfallen, im Handumdrehen mal wieder deinen Stoff aussaufen. Dein flüssiges Gold.
Deine schöne goldene Flasche mit dem schönen goldenen Etikett - vergiss sie! Die saufen jetzt andere aus. Guck, schon haben sie ihre Pfoten dran. Pressen ihre stinkenden Mäuler an die Öffnung. Schlürfen ... dein Gold ... saugen ... an deiner Flasche ... stürzen ... die Früchte deiner Mühe ... saufen ... deine Flasche aus. Widerlich, nicht? Und du musst hilflos zusehen ... noch daneben stehen.
Nicht durchdrehen! Halt still. Ist gleich vorbei.
Siehst du, die lieben Nachbarn haben alles ausgesoffen. Im Handstreich. Sauber! Noch ein letztes Rülpsen und freches Grinsen. Schon gehen sie wieder.
Da steht deine leere Flasche. Erledigt. Ausgesoffen. Kein einziger Goldtropfen mehr drin.
Die leeren Bierdosen haben sie dir gelassen - immerhin. Denk an das Pfand, das ist ...
Was? Was denn? Was hast du? Heulst du jetzt?
Mit ihren schmutzigen Pfoten ... ja, ja.
Und gelacht haben sie ... ja, ja. Dass man dich abgreift, deinen Frieden bei der Flasche zum Alptraum macht - du erlebst es immer wieder. Ja, ja, das Trauma sitzt.
Tja, selber schuld. Was musst du deine kostbaren Schätze auch mitten ins Nest der Geier tragen ...
Hör auf zu jammern. Und sei das nächsten mal endlich schlauer. Wie oft bist du jetzt schon reingefallen? Hast diesen Schnorrern gratis deinen Stoff spendiert? Dreißig, vierzig mal?
Du bist doch schon ein ganzes Jahr hier. Da musst du doch langsam mal wissen, wie der Hase hier läuft. Oder

glaubst du noch immer, du wirst hier je in Ruhe lassen? Kannst dich in diesem Zimmer irgendwann ungestört abschießen?

Diese Schnorrer riechen nun mal, wenn du mit deinen Schätzen anrückst. Egal, wie schnell, wie geschickt oder vorsichtig du bist - diese Schnorrer haben einen siebten Sinn, wo man gratis was abgreifen kann. Kapiert?

Es gibt nur eine Art diesen Schnorrern zu entgehen. Du muss raus, musst auswärts saufen.

Allerdings …

- RECHT SO! -

Immer bin ich … ist Eric herumgestoßen, bestohlen und beschissen worden. Überall. In Punta Cana, im gelobten Land. Im Hotel, im Wohnheim, am Supermarkt, am Kiosk, der Tanke. Früher, heute.

Eric kann sich nicht selbst durchboxen, kann nicht für sich einstehen, kann sich nur verkriechen. Tiefer, noch tiefer in seine Traumwelt. Und kriegt trotzdem dauernd auf die Fresse.

Aber er nimmt es.

Ein tapferer Kerl - Ach, was, ein Depp.

- Recht so! Denn wer die Gesetze der Wirklichkeit ignoriert muss extra leiden.

Armer Eric, dummer Eric. Geht zugrunde. Bedauerlich, beschämend. Hat kein Zuhause, keine Freunde, hat nur das Hirngespinst der alten Heimat. Redet mittlerweile oft mit sich selbst, murmelt Stuss. Sucht Zuflucht in der Flasche, erliegt der Sucht. Armer Eric, dummer Eric, geht zugrunde.

Es prasselt der Regen, es pfeift der Wind.

Seht, ihr Zeugen der Welt, auf den kranken Mann mit dem gebeugtem Kopf. Auf den Mann mit leeren Blick und blutunterlaufnen Augen. Denn auf ihm liegen Elend und Leid, die nirgends gern gesehen sind, von der Futterkrippe der Schönheit verjagt werden müssen.

Gebt euren Euro, gebt ein Almosen! Aber kauft ihm bitte keine Biersorte, die er nicht trinkt. Er holt sich schon selbst die Sorte, die er will.

Seht, ihr Engel der Gnade, auf den gebrochen Mann in der billigen zerschlissenen Regenjacke. (Selbst ihr Reißverschluss ist kaputt). Hier schlurft er, dort schlurft er. Trägt sein Kreuz. Am Morgen, am Mittag und in der Nacht. Hält sich fest an der Flasche, stürzt hin und kriecht.

Bemitleidet ihn oder schüttelt die Köpfe!

Aber ruft, um Himmels Willen, keine Ambulanz, die ihn mitnimmt, einweist, seine Freiheit einschränkt. Lasst ihn fortkriechen. Er kommt schon alleine klar.

Hört, seit anderthalb Jahren säuft Eric jetzt nicht mehr in seinem Heim. Es kamen nämlich irgendwann so viele Schnorrer - er musste die Schnorrer schließlich in seinem Zimmer stapeln. Bis hoch zur Deckenlampe mit dem scheußlichen Lampenschirm, der schon drin war, als er einzog.

Aber selbst draußen stiehlt man ihm immer wieder das Bier und den Schnaps. Denn die Schnorrer vom Wohnheim sind überall. Kennen jedes Pissloch, in dem kleine Erics sich verstecken. Kennen die Plätze - die Beuteplätze - an denen kleine Erics ihren Stoff schlucken. Kennen die besten Methoden, um verschüchterte kleine Erics auszupressen.

- Recht so! Denn wer sich auf den Boden legt, wird getreten.

Armer Eric, dummer Eric. Bedauerlich, beschämend.

Der Eric? Ach, der wehrt sich einfach nicht. Sagt immer nur ja. Der gibt sofort klein bei. Der zittert, und wie! Aber der lässt sich alles abnehmen. Guckt dann bloß auf seine leeren Pfoten. Dem kannst du sogar die Jacke klauen, dass er erfriert. Armer Eric, dummer Eric. Ach, der wehrt sich nicht.

Der Rotbart ist der Schlimmste. Hat die Augen eines verlieben Mädchens. Stinkt verfault. Kommt immer mit der Umarmung - seiner todsicheren Waffe. Hat sich im Heim bei Eric gleich aufs Bett gelegt - mit seinen verpissten Hosen. Hat sein Revier beim Supermarkt. Pisst von allen am Längsten und Stärksten. Und immer neben den Fahrradständer. Stellt Eric seit Monaten nach. Bittet nicht mal. Lässt sich von ihm sofort eine Bierdose überreichen. Glotzt dabei immer wieder auf Erics Stiefel. Und wer dem Rotbart keine Bierdose freiwillig gibt, dem rückt er nicht mehr von der Pelle. Bis sein Gestank jede Gegenwehr besiegt.

Noch etwas: Er liest aus der Kotze anderer.

Ich sehe ... du wirst bald sterben ... du wirst reich werden ... eine glückliche Reise für dich.

Für mich?

(Tatsächlich! Ist das denn die Möglichkeit ...)

Armer Eric, dummer Eric. Bedauerlich, beschämend. Wacht auf in seinem Bett und wundert sich. Hat vergessen seine Zimmertür zu schließen, statt seiner Stiefel nur noch seine dreckigen Socken an den Füßen.

Recht so! Denn nur wer der Welt die Zähne zeigt, (es dürfen auch faule sein) kommt durch. Und wer sich nicht mehr wäscht, ist sowieso nicht mehr aufhalten.

- MEIN FENSTERCHEN -

Noch einmal, vielleicht zweimal um die Kurve.

Wie stickig es hier im Rettungswagen auf einmal ist. So heiß. Man kann kaum atmen. Nur ein bisschen frische Luft, das wäre … bitte euch … tretet nicht auf meine Träume, lasst mir Luft. Nur diesen einen Hauch.

Ach, lasst mich doch an mein Fensterchen, lasst es mich öffnen. Ganz leise und nur einen Spalt. Ich will auch nie mehr zündeln, werde nie mehr unartig sein. Selbst wenn ich noch so haltlos und versoffen bin, ein Depp …

(Du glaubst, dein Arsch gehört dir? Glaubst es noch in diesem Moment, bis … Dein Arsch gehört nicht länger dir, sondern deinem Schicksal. Holt dich ein, kaut dich durch und spuckt dich aus - mit viel viel Glück hinter irgendein warmes Fensterchen, wo du noch ein Weilchen weiterleben darfst. Und dir was einbilden … bevor dein Schicksal dich erneut …)

Das Fensterchen in meinem Zimmer … wie soll ich sagen … kennt ihr das Gefühl, wenn ihr mit jemandem zusammenliegt? Ganz eng auf eng? Wie zwei Kinder? Wenn ihr Wärme und Zuneigung erhaltet, Vertrauen und Verständnis bekommt, eure Geheimnisse teilt? Und alles mit reinem Herzen?

So ist das mit mir und meinem Fensterchen.

Mein Fensterchen ist für mich da, mein Fensterchen hält mich am Leben, schützt mich vor Wind und Regen.

Mein liebes Fensterchen, das mir unermüdlich, selbst in dunklen Stunden, den Himmel zeigt. Das mich tröstet und mir beisteht, mein Selbstmitleid streichelt.

Gut?

So, und jetzt ein Gebet für mein liebes Fensterchen:

Sei meine Stärke und mein Mut zum Leben, der Licht-
blick meiner Hoffnung, und verwandle die böse Wirklichkeit in nichts als Schall und Wahn. Sei das Auge in
meine Freiheit, sieh mein Selbstmitleid und bewahre
meine Träume. Vor dir berühre die Sonne mein Herz,
fotografiere der Mond meine Seele. Allein durch dich
mag ich die Wunder dieser Welt, das Paradies erkennen
- jenseits der Autobahn. Besser?
Na, wartet ab.

Mein Fensterchen, ich weis, du bist kein Mensch, und
trotzdem lieb ich dich. Sooooooo sehr. Denn du öff-
nest, du schließt mich. Bin ich nur einen Tag von dir
fort und seh' dich nicht, bin ich einsam und traurig. Du
bist mein Vater, meine Mutter, meine Geliebte und
Frau. Duz bist mein einziger Trost! (Außer dem Stoff!)
Denn ich öffne, ich schließe dich.

Wie tief ich auch sinke, wie groß meine Sehnsucht
nach Zuhause auch ist … Ich komme doch zu dir zurück, setzte mich, öffne dich und schau hinaus.
Dir gilt mein erster und letzter Gedanke. Für dich lebe
ich, atme noch. Bevor dich jemand bricht, lass ich mich
zehn mal brechen. Für dich tu ich alles. Und nie werde
ich dich verleugnen.

Oh, du mein Fensterchen … Weist du nicht, wie sehr
ich dich brauche? Weist du nicht, wie sehr ich an dich
glaube? Wahrhaftig!

Ich, Depp, den seine Einbildung geschafft hat - und
neu erschaffen. Ich vertraue, glaube - vorbei an der
Zeit, vorbei an der Wirklichkeit und allem Scheußlichen, das uns beherrschen und vergiften will.
Denn ich habe dich, mein liebes Fensterchen, stehe auf
und schließe dich.

So, und jetzt Schluss mit diesem Schwachsinn.

Ich habe nämlich gerade etwas Schockierendes entdeckt: Mein Fensterchen ist schmutzig.

Jesses, man kann gar nicht mehr richtig durchgucken - so dreckig wie das ist.

Dagegen muss ich sofort etwas tun, muss die Scheibe von meinem Fensterchen putzen.

Also nehme ich ein Stück Klorolle, mach das Papier ordentlich nass. Und ich reibe, reibe ... aber ...

Mein schönes Fensterchen ... Entsetzlich! Grauenhaft! Das verschmiert ja alles! Und jetzt sieht man noch weniger, sieht so gut wie gar nix mehr.

Da kann ich reiben, wie ich will - der Dreck geht gar nicht ab. Das ist ... Schon kommen mir die Tränen.

Ich will diese Elend gar nicht mehr sehen. Das macht mich so fertig, ich muss mich sofort hinlegen, mir die Decke über den Kopf ziehen.

Also geh ich zu meinem Bett, zieh die Decke weg.

Scheiße, besetzt!

Da liegt der Rotbart, pennt sich wieder mal aus. Aber plötzlich dreht er den Kopf, lächelt beim Pennen und murmelt etwas.

Was hat er gesagt?

Rätselhaft.

Ich hasse den Rotbart. Und nicht, weil er so stinkt oder mich anschnorrt. Nicht mal, weil er meine Stiefel geklaut hat. Sondern, weil ihm alles am Arsch vorbeigeht. Klar, auch er hat ein Fensterchen. Aber er hat kein Probleme, keine Sorgen oder Ängste mehr - wie ich.

Sein Fensterchen kümmert ihn nämlich einen Scheiß - wie alles. Nix kratzt ihn mehr.

Ich hasse den Rotbart - aus Neid.

Wenn ich dem Kerl jetzt z.B. das Küchenmesser in den Hals ... während er pennt ... nur mal angenommen ...

das macht dem gar nix aus!

Ich seufze, werf' die Decke wieder über den Rotbart, wundere mich noch immer.

Was hat er jetzt gleich gesagt?

Die Decke wieder weg. Noch mal genau zuhören.

Brenn-spiritus?

Nachdenklich zieh ich die Decke wieder über den Rotbart, steh im Zimmer. Was ... da soll mich doch ...

- DIE PLANE -

Jetzt gab es kein Zurück mehr für Eric - als er die Zusammenhänge zwischen dem heißen Tipp des Rotbarts und seinem Fensterchen endlich verstand.

Und sofort ging Eric los, kaufte eine Flasche Brennspiritus, um damit fleißig sein schmutziges Fensterchen zu putzen.

Aber er beging den alten Fehler, nahm auch diesmal kein Wasser dazu und benutzte als Reinigungsgerät wieder Klorolle. Und der Ruß auf der Außenscheibe verschmierte noch immer. Dass Eric irgendwann aufgab und losheulte.

Bis plötzlich die Decke vom Bett flog, der Rotbart genervt aufstand - in Erics Stiefeln. Nahm sich dem gesamten Problem höchstpersönlich an.

Konnte er - als ehemaliger Hygienebeauftragter.

Der Akt des Mitgefühls verlangt von uns nach Taten und nicht nach Worten. Vor allem, wenn es brennt.

Der Rotbart machte da gar nicht groß rum. Torkelte direkt zu Eric und beruhigte ihn. Boxte ihm satt auf die Leber, damit das Heulen aufhörte.

Und es hörte auf.

Dann setzte der Rotbart sich auf den Stuhl vors Fensterchen und guckte sich das Ausmaß des fabrizierten Schlamassels erst mal ausführlich an - analytisch, messerscharf. Ließ Eric das Fensterchen öffnen, wieder schließen, begriff und nickte schließlich verständnisvoll - als ehemaliger Hygienebeauftragter ...

Also schickte der Rotbart Eric zur Hausverwaltung. Für einen Putzeimer. Gab ihm genaue Anweisung.

Der Rotbart steckte voller Überraschungen, verlangte für seine Unterstützung nicht mal eine Gegenleistung ... als Schnorrer der verhindern musste, dass seine Hauptquelle wegen dem Fensterchen noch in die Klapse kam.

Nur das Wasser berührte der Rotbart nicht selbst.

Und mit dem Eimer voller Wasser, einem Schuss Brennspiritus im Wasser, dazu einer alten Unterhose, putzte Eric sein Fensterchen.

Das half.

Und wie!

Das Fensterchen wurde so spiegelblank wie nie.

Und der Rotbart legte sich wieder in Erics Bett, pennte weiter. Mit einem Ausdruck von Genugtuung in seiner Visage. Während Eric sich ganz andächtig auf seinen Stuhl setzte und mit stillem Glück sein frisch geputztes Fensterchen begaffte.

Wie das glänzte! Wie das strahlte! So wundervoll.

Eric war selig. Für eine Weile. Hatte ein klares Rezept, um seine Hirngespinste zu kontrollieren.

Wenn die Sehnsucht nach der alten Heimat zu groß wurde, ließ Eric sich auswärts erst volllaufen.

Dann hockte er sich wieder stundenlang auf den Stuhl an seinem Fensterchen und guckte raus. In die eingebildete Freiheit. Darin fand er Trost, konnte seinen Hirngespinsten freien Lauf lassen. Wie Hunden.

Und dann kam das Unheil. Kam mit seiner ganzen bitteren Ladung, die Verstand und Geschick für immer trennt. Und über Eric kam das Unheil so:

Die Heimleitung ließ vor ihrem Gebäude ein Gerüst aufstellen. Zur Renovierung der alten Außenfassade. Und dafür ließ man das Wohnheim ringsum einpacken. In eine riesige Plane. Zum Schutz gegen die Sandstrahler, die auf dem Gerüst zum Einsatz kamen.

Selbst ein Obdachlosenwohnheim darf schließlich ordentlich aussehen - von außen.

Wenn die Haushaltsführung einer Stadt für ihre Sozialprojekte schon mal ab und zu Gelder locker macht ...

Aber mit der Plane begannen für die Heimbewohner wortwörtlich dunkle Stunden. Vor allem für Eric.

Ganz plötzlich verdeckte ihm da irgendjemand ‚sein Fensterchen'. Und damit noch nicht genug. Das Fenster selbst wurde ein paar Tage später von außen sogar komplett zugeklebt.

Kurz, die Baumaßnahmen nahmen Eric gänzlich den Ausblick - das Licht, die Sonne, den Mond, die Sterne, den Himmel und natürlich die Autobahn.

Eric wusste nicht hinten noch vorne.

Und seine Hirngespinste, wie Hunde, jetzt eingesperrt, taten, was ewig eingesperrte Hunde irgendwann immer tun. Sie bissen ihren Besitzer.

Natürlich kann man sagen, dass die Sanierung der Heimfassade nur vorübergehend war.

Bis so ein Fensterchen wieder frei wird - das kann ja nur eine Frage der Zeit sein, dauert höchstens ein paar Wochen.

Aber jemand, der unter Druck steht, hat nicht die Zeit, die ihm äußere Umstände vorgeben. Jemand, der unter Druck steht, handelt.

Und meistens zum eigenen Schaden.

- ZUHAUSE! -

- Hey, Eric. Nicht schlappmachen. Du bist noch nicht zuhause. Du musst schon noch das Ende erzählen, bevor du dich hier verdrückst.
- ... will nicht mehr ...
- Och, jetzt komm schon, Eric! Entschuldige, ich meinte *Pomfritz*! Dein Fensterrahmen ... Was war mit deinem Fensterchen?
- ...mein Fensterchen ...
- Ja, warum haben *Die* dir dein Fensterchen zugeklebt?
- Aber das weist du doch schon.
- Und dann bist du abgedreht?
- Weil ihr mir keine Ruhe mehr gelassen habt.
- Stimmt, wir haben dir alles mögliche eingeredet. Aber dass du deine Bude in Brand stecken sollst. Und dazu noch dich selbst, das hat dir von uns keiner eingeredet.
- Gut, ich geb's zu. Es war ein Unfall. Bei einem Deppen, wie mir, kann sowas schon mal passieren, nicht?
- Der Reihe nach, *Pomfritz*! Wie war das heute Abend?
- Nicht viel anders als sonst. Ich war sternhagelvoll, aber konnte nicht einschlafen. Also habe ich im Dunkeln gelegen und irgendwann ... das war schon komisch ... Auf einmal wurden die linke Wand in meinem Zimmer ganz hell. Und ich dachte ... Zuerst hab ich nach rechts geguckt. Und wer stand da? Luis Suarez, der Hurensohn. Ist zu mir ans Bett gekommen

139

und hat mir glatt seine Hand entgegengestreckt. Carlos Suarez, der Hurensohn, was will denn der hier? hab ich noch gedacht. Und im gleichen Moment wurde auch die linken Wand hell. Und dort stand der Rotbart. Aber ich hatte gar keine Zeit mehr, um Angst zu kriegen. Denn die beiden sind sofort aufeinander los und haben sich geprügelt. Vor meinem Bett.

- Und wer hat diesen Kampf gewonnen?
- Keine Ahnung. Ich weiss es nicht. Ich hab die Augen zugemacht und mir die Ohren zugehalten. Bis ich auf einmal eine Hand auf meiner Stirn gespürt habe. Also habe ich die Augen wieder aufgemacht, und *Sie* war es.
- Deine tote Frau?
- Genau.
- Hat sie dir den Kopf gestreichelt - und dich anständig getröstet, ja?
- Das auch. Und sie war so bestürzt und besorgt über meinen Zustand, hat mich einen ganzen Haufen Dinge gefragt - über die letzten drei Jahre, seit sie tot ist.
- Kennt man. Und du hast natürlich alles brav ausgeplaudert und dabei fleißig geflennt!
- Aber nein. Natürlich hab ich alles schöngeredet. Zuerst hat sie gefragt: Was tust du hier? Und ich: Ich mache hier Urlaub. Und sie: Tatsächlich? Aber wo ist deine Uhr? Und ich: Die habe ich verkauft. Und sie: Und deine Stiefel? Hast du die etwa auch verkauft? Und ich: Nein, die hab ich verschenkt.
- Du hast gelogen.
- Also, ich … Ich hab mich wirklich bemüht, dass sie sich keine Sorgen um mich machen muss. Aber ich befürchte, sie hat mir mein harmloses Geschwätz nicht so ganz abgenommen. Ich glaube, Frauen riechen sowas.

140

- Sie ist sauer geworden, stimmt's? Und dann hast du endlich ausgepackt. Das ist ja alles super interessant. Aber was war mit dem Feuer?
- Verschenkt? hat sie gemeint. Und deine Würde gleich mit, wie? Und ich hab gesagt: Bitte schimpf nicht mit mir. Ich bin nicht alleine schuld, dass ich so abgefuckt bin. Deine Kinder haben mich nach deinem Tod einfach vor die Tür gesetzt. Außerdem weist du ja, dass ich ein schwacher Mensch bin. Als du tot warst, wollte ich nur noch heim, wieder nach Punta Cana. Aber man hat mich nicht von hier fortgelassen ... und mein Durst wurde auf einmal so groß. Und sie: Du kannst dich nicht mal selbst versorgen! Aber ich: Und dafür leide ich. Ist das denn nicht genug?
- Sehr schön. Aber was war mit dem Feuer?
- Sie hat geseufzt. Hat mir ihre Hand aufgelegt und dann ein Wiegenlied gesummt.
- E-r-i-c, das Feuer?
- Und ganz sachte, ins Nichts der Vergangenheit, ins verlorene Leben gesprochen, flüsterte ich ihren Namen. Bevor sie wieder verschwand. Keine Hand, kein Atem mehr.
- Was faselst du da eigentlich für einen hirnverbrannten Unsinn? Bist du jetzt endgültig verblödet? Oder ist das nur die Nebenwirkung, wenn man gleichzeitig besoffen, narkotisiert und am Abkratzen ist?
- Wenn ihr es nicht wisst ... ihr, meine Hirngespinste. Ihr führt doch die Leute hinters Licht.
- Wir? Wir haben dir nur deine alte Heimat eingeflüstert. Den Rest hast du ganz allein besorgt.
- Als sie fort und ich wieder alleine war ... alles war so leer. In mir und um mich. Da war überhaupt nichts. Ich selbst ... ich war gar nicht mehr da.

- Ja, das war der Moment deiner Klarheit. Ohne jede Einbildung, ohne jeden Gedanken. Und endlich hast du begriffen, wie weit es mit dir gekommen ist. Und du wolltest dir wiederholen, was du dir selbst genommen hast. Deine Würde.
- Weis nicht, kann sein. Ich wollte … einschlafen. Aber ich konnte nicht, bekam keine Luft mehr in diesem Zimmer. Ich musste mich aufrappeln, musste etwas tun. Protestieren! Und zwar sofort.
- Mit dem Feuer.
- Plötzlich hatte ich die Flasche mit dem Brennspiritus in der Hand. War noch halb voll. Und dann stand ich vor meiner Zimmertür. Das war das Hindernis. Schon immer habe ich Türen gehasst. Alle Türen sind Hindernisse, trennen etwas ab, sperren etwas aus oder ein. Dafür sind sie da, *Pomfritz*!
- Ich weis. Deshalb wollte ich die Tür auch verbrennen. Und dann ins Freie. An die Sonne. Außerdem wollte ich mit dem Feuer auch ein Zeichen setzen … dass *Die* mir mein Fensterchen einfach zugeklebt hatten … dass ich noch da bin, mich nicht einfach einsperren lasse … wollte aufstehen! Gegen mein Selbstmitleid. Aber leider …
- Hat nicht so ganz geklappt. Na, tröste dich. Es gibt noch dümmere Arten von Unfällen, durch die Leute ums Leben kommen. Du warst eben nicht bei Verstand.
- Irgendjemand hat gesagt: In dieser Tür steckt der Fluch, der dich hier festhält, Eric. Mach, steck die Tür ruhig in Brand. Das Feuer? Sei unbesorgt. Das Feuer kann dir nichts anhaben. Dagegen bist du immun. Verbrenn endlich diese Tür und komm nach hause, zurück in deine Heimat. Punta Cana, Eric, Punta Cana … Also hab ich das Zeug aus der Flasche gegen

die Tür geschüttet und einfach angezündet. Und ich hab mich dabei schwer verbrannt. Aber vielleicht habt ihr Unrecht. Vielleicht war ich nie klarer bei Verstand, als in diesem einen Moment, als ich das Feuerzeug in die Hand genommen habe.

- Du meist ... ach, so!
- Seid still. So fällt es mir leichter.
- Du wirst nicht überleben, *Pomfritz*!
- Ich weiss. Tut ihr mir bitte noch einen Gefallen?
- Welchen?
- Ich hab's mir überlegt. Bitte nennt mich doch nicht mehr *Pomfritz!* Ich mag diesen Namen nicht mehr.
- Einverstanden. Wie sollen wir dich dann nennen?
- Vergesst es. Bitte ruft mich auch nicht mehr. Ich habe jetzt anderes zu tun.

- ....

- Mein verlorenes Paradies ... wie lange noch, bis ich heimkomme? Zu dir? - Noch einmal schleiche ich durch tausend Straßen, gehe noch einmal zur Zimmertür und schütte die Flasche dagegen. Noch einmal lege ich Feuer in meinem Zimmer. Denn hinter der Tür wartet die Freiheit, komme ich heim. Atmen. Ich ... Endlich, der Rettungswagen hält. Und ich schwebe - das ist die Luft, ein schwebendes Bett ... Sind wir im Krankenhaus? Im Krankenhaus auf Punta Cana ... Aber sogar hier riecht es verbrannt ... Kalt, ich friere so ... Seht ihr, selbst die verbrannte Hand kann ich noch zur Faust ballen ... Wozu die Eile, Eric? Ruhig jetzt! Atmen. Hier ist es warm. Touristen ... Hast du Durst? Alle haben Durst ... Es rauscht, wir steigen ... Aber die Sonne brennt heute besonders stark. Wie Feuer! Vergessen Sie nicht ihren Hut ... Mein verlorenes Paradies ... wie lange noch, bis ich meinen Fuß wieder auf deinen Boden setze? Auf dich? - Hört ihr die Rufe? Touristen sind unser Geschäft, sagt Carlos Suarez, Hurensohn ... Aber warum schließt denn niemand die verdammte Tür. Hier zieht es doch. Und gebt mir mal bitte meine Stiefel zurück ... wie soll ich sonst nach hause kommen? Punta Cana, ich komme! Der Weiher leuchtet, blau wie das Meer ... Atmen. Das ist es! Ist es das? Ich erinnere mich - der Zeit, den Bewegungen von Menschen. Atmen. Ich erinnere mich ... an die Gesichter der Ewigkeit, der Gnade des Lebens. Atmen. Ich träume vom Ozean im grellen Morgenlicht, vom Licht hinter der Tür der Zeit. Mein verlorenes Paradies ... wie lange noch, bis ich eingehe? In dich? - Seht! Da sind wir, sind zuhause, atmen den feucht-kühlen Abend. Die Sonne geht unter. Wir sind in Punta Cana - und frieren ... Herrgott, mein Gott, ich heiße Eric und ich habe Angst ...

Zeitfracht Medien GmbH
Ferdinand-Jühlke-Straße 7
99095 Erfurt, Deutschland
produktsicherheit@kolibri360.de